东荡子诗选

杜若之歌

浪 子 编

海风出版社
HAIFENG PUBLISHING HOUSE

图书在版编目（CIP）数据

东荡子诗选：杜若之歌/浪子编. ——福州：海风出版社，2014.9

ISBN 978-7-5512-0162-9

Ⅰ.①东… Ⅱ.①浪…. ①诗集—中国—当代Ⅳ.①I227

中国版本图书馆CIP数据核字（2014）第207967

东荡子诗选

杜若之歌

浪　子　编

责任编辑： 胡立昀

书籍设计： 张　力

插画作者： 沈　科

出版发行： 海风出版社

（福州市鼓东路187号　邮编：350001）

印　　刷：	福建天一屏山印务有限公司
开　　本：	889×1194　　1/32
印　　张：	7印张　　图：16幅
字　　数：	165千字
印　　数：	1-1000册
版　　次：	2014年9月第一版
印　　次：	2014年9月第一次印刷
书　　号：	ISBN 978-7-5512-0162-9
定　　价：	35.00元

东荡子，原名吴波。

1964年九月初十生于湖南沅江市东荡村。

高中不到一年便当兵于安徽蚌埠某部，后代课、经商、做记者、编辑等，干过十数种短暂职业。1989年先后在鲁迅文学院和复旦大学作家班进修。1994年至2005年在深圳、广州、长沙、益阳等地工作或闲居。2005年始任职于增城日报社，至2013年10月逝世。

1987年开始写诗。

1990年出版诗集《不爱之间》，1997年自印诗集《九地集》，1999年与广州友人合出诗集《如此固执地爱着》，2005年出版诗集《王冠》，2010年出版诗集《阿斯加》。获《诗选刊》"2006中国年度最佳诗歌奖"、第十八届"柔刚诗歌奖"、《芳草》杂志第三届"汉语诗歌双年十佳"、第八届"诗歌与人 诗人奖"、第一届"扶正 独立诗人奖"、第九届"广东省鲁迅文艺奖"等。

东荡子认为诗人在诗歌中的建设，在于不断发现并消除人类精神中存在的黑暗。

2002年与世宾、黄礼孩等友人提出完整性写作理念。

（摄影：陈初越）

前言

浪子

为诗人东荡子编选一部诗选，是我多年来的心愿。曾几次与他谈过，亦与一些好朋友提到过。

然寄居浮世，为稻粱谋，杂事缠绕，可以专门为理想而行的时间自是少得可怜。这件事情，便这样拖了下来。

我永远不愿意相信、也绝对想不到的是，真正动手编辑这部诗选时，一生热爱诗歌和朋友的诗人东荡子，与我们已然阴阳相隔。

2013年10月11日下午4点15分，诗人东荡子因心脏病突发抢救无效，在广州增城不幸逝世，彼时，距他的49岁生日还有三天。

多年来，在人前我从不讳言：东荡子是当代中国最优秀的诗人，没有之一。这样子说话，或者会得罪一些诗人、一些朋友，不过我知道，我只有这样说才能不得罪诗歌，不得罪它自身的纯粹、神圣与光荣。

东荡子，作为一位长期被有意无意地忽略的诗人，从《九地集》到《王冠》到《阿斯加》，他所书写的、一直是源自卓越而来的卓越诗篇。这样说，完全是基于我自身对诗歌的虔诚和认知，以及我们之间二十多载相交相知、无数次争辩与审视后的知根知底。

记得是1994年夏天，东荡子来茂名探访诗人赵红尘，他们是鲁迅文学院和复旦大学作家班的同班同学。那些年，我和诗人赵红尘正在茂名办一份叫《茂名青年报》的报纸。

东荡子直接到的我们在市委大院里的办公室，恰老赵不在，是我接待的老东。这是我第一次见到诗人东荡子，在一起愉快相处了好些天，亦自此开启了我们持续二十多年的友谊。

本书的编选，我是按东荡子的诗歌创作时间、用编年方式，分成三卷：卷一48首，系1989-2001年间其四处漂泊时期的作品；卷二30首，系2002年其租住长沙郊区牛婆塘（其自称之为牛塘）时集中创作的一批作品；卷三42首，系2008-2013年其命名为"阿斯加"时期的作品。

特别需要说明的是，诗人东荡子2013年全新创作的、此前未刊的13首诗，全部收入了本书。

感谢嫂子、作家聂小雨，在本书编选过程中给予的帮助。

感谢艺术家沈科，为本书专门创作的16张水墨插图。

感谢诗人许许、世宾、苏文健应允将所著文字作为附录收入本书，为读者提供各有真知灼见的解读。

最后感谢诗歌，感谢所有在暗夜里仍然独唱的灵魂。

2013.10.23，记于海客堂
2014.06.13，再次修订

目录

卷二

卷三

目录

附录

卷一

（1989–2001）

旅途

大地啊
你容许一个生灵
在这穷途末路的山崖小憩
可远方的阳光穷追不舍
眼前的天空远比远方的天空美丽
可我灼伤的翅膀仍想扑向火焰

1989年3月　北海公园

白昼

微风停在鸟唱的树叶上
辽阔的草地，兰花开满如积盖的雪
我的草地，微风停在草地
鸽子在心中飞动
鸽子飞动在兰花中像蜻蜓点水
鸽子在心中飞动像蜘蛛网上的蜻蜓

1989年4月 北京

伐木者

伐木场的工人并不聪明，他们的斧头
闪着寒光，只砍倒
一棵年老的朽木

伐木场的工人并不知道伐木场
需要堆放什么
斧头为什么闪光
朽木为什么不朽

1989年9月　上海

牧场

你来时马正在饮水
马在桶里饮着你的头
这样你不会呆得很久
我躲在牧场的草堆里
看见马在摇尾巴
马的尾巴摇得很厉害
这回你去了，不会再来

1989年11月　上海

英雄

欢呼的声浪远去
寂静啊，鲜花般放开的寂静
美酒一样迷醉的寂静
我的手

你为什么颤抖，我的英雄
你为何把喜悦深藏
什么东西打湿了你的泪水
又有什么高过了你的光荣

1992年11月8日 深圳旅馆

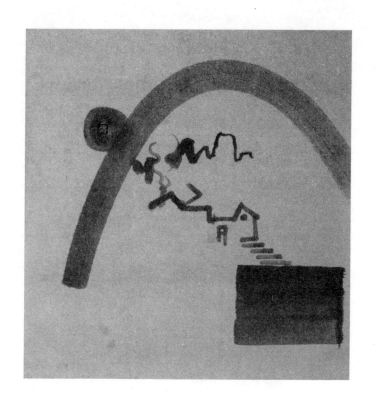

水又怎样

我一直坚持自己活着
疾风与劲草，使我在旷野上
活得更加宽阔

为什么一定要分清方向
为什么要带走许多
我不想带走许多
我需要的现在已不需要

光明和黄金
还有如梦的睡眠
是诗人说过的，一切
都是易碎的欢乐
我确实活得不错
是我知道路的尽头是水
水又怎样
我就这样趟过河去

1993年10月　首阳山

诗歌

一

我已犯下处子的错误
让我跟她结婚，那个动人的神女
黄金买不到；现在我却拿她
买不到黄金

活着是惟一的真理。我们要走得更远
才能像真理一样活得长久
风从低处清醒地吹来

走吧，到大地中间我已无话可说
自然之子，你们都懂得爱
爱别人更比爱自己，爱世间的事物
包括岩石和仇恨

二

世界上再没有什么称得上财富
如果秋风让枯叶，都变成了黄金
填满大道和欲望
那么多张望的眼睛，望不到亮光
天空啊，那必定是你在迷失

他们要心身合一
他们要年轻与富贵
他们要歌，要在歌唱中忘记老去
让心灵开放
他们要园丁，他们是春风园里
盛开的好玫瑰

我多么希望是这样的景象：黄金
都成为凋叶，归回自然
天空将如此高远，道路分明

财富漫天飘回

我的诗歌最后回到
她赶着所有的灵魂在泉边喝水

1994年5月24日　华容

阻止我的心奔入大海

我何时才能甩开这爱情的包袱
我何时才能打破一场场美梦
我要在水中看清我自己
哪怕最丑陋，我也要彻底看清
水波啊，你平静我求你平静
我要你熄灭我心上的火焰
我要你最后熄灭我站在高空的心
它站得高，它看得远
它倾向花朵一样飘逝的美人
它知道它的痛苦随美到来
它知道它将为美而痛苦一生
水波啊，你平静我求你平静
请你在每一个入口，阻止我的心奔入大海
也别让我的心，在黑暗中发出光明
在它还没有诞生
把它熄灭在怀中

1995年12月18日 广州出租屋

盲人

我们从未写好一首诗
我们从来没有进入秋天
秋天更接近真理
西风凋落我们年轻的头发
枯叶重返故土，我们却要赶完一段路
才能进入黄金世界
我们骑着瞎马，我们这些盲人
还要赶做一些迷人的梦想，才能进入黄金世界
秋天深了，我们还在路上，唱着歌
仍在赶做一些迷人的梦想
我们这些盲人
赶着马，不懂得黄金世界
万物在奉献
我们还在赶做一些进入真理的梦想

1995年12月19日 广州出租屋

朋友

朋友离去草地已经很久
他带着他的瓢，去了大海
他要在大海里盗取海水
远方的火焰正把守海水
他带着他的伤
他要在火焰中盗取海水
天暗下来，朋友要一生才能回来

1995年12月19日　出租屋

月亮

月亮是我们想象出来的。她优美地高悬
我们在她的笑容里散步、恋爱
做着梦，看见幸福的来生
我们还在梦里想象更多的月亮
最后一个月亮是黑色的
我们摸索着，点起篝火
少女在轻轻唱歌，有些忧伤
强盗在沉默，从马背上下来

1996年7月17日　太和楼

鸟在永远飞翔

走过许多的土地和村落，它们使我迷茫
为什么到处都是一样：无边的天空
鸟在永远地飞翔
我爱上这一切，仇恨随之到来
鞭打我们的肉体吧
飞离苦难和幸福的根源
并不需要到来，欢迎我们的嘴脸
又传给他们，直到临死
还装出依恋和忠诚
从来没有人替我告诉他们
今夜我要亲自站出来
蜘蛛覆盖城市的教堂
我在教堂曾为他们敲响丧钟
听吧啊听吧，今夜我将为他们敲得更响
父亲听得见
祖父听得见
儿子还没有诞生
儿子听得见
一个世界为什么不是一个梦想
请给我们看看那真正的容颜
到底在哪里向我们热切呼唤

1996年7月17日　太和楼

他相信了心灵

一滴水的干涸因渺小而永远存在
让我们站在海上，沐浴海风或者凭吊
那不可一世的青年现在多么平静
他看见了什么：辉煌?落日?云彩和失败
他相信了心灵，心灵要沉入大海
那不可阻挡的怪兽，摧毁一切，烧完了自己
在黑夜前停了下来

1996年7月24日　太和楼

无能之辈

我的愚蠢在于不断地写出诗歌
说不上对一种语言的热爱，也不是
为了一个国家，是否完全听从于一个魔鬼
它藏身在哪个角落向我指使
或干脆敲打我的脊梁，像罗丹
奔跑在画室和书房："必须辛苦地工作。"
一个声音对我说："必须歌唱。"
但我的祖国对我的诗歌并不需要
也许我的祖国在古代有过太多的伟大木匠
制造了传世的宝座，并安了会哭会唱的狗尾巴
看看我们这些无能之辈
春天来了，不能耕播，不能拦路抢劫
也不能敲诈妓女和强盗
如果还在歌唱，那一定是窜到街头
逮到了一匹忏悔的猫

1996年8月17日 太和楼

生存

世界从来没有要求我们生存
我们也没有任何义务，在世界上生存
可是我们活着，那么谁在指使我们
创造光辉的勋章要我们佩戴
我们却往往在同一炉堂打出枷锁和镣铐
花朵在荆棘丛中生长，充满幸福
人类的幸福，必定充满恐惧
没有人敢这样喊出来
也没有人，不愿意不追求幸福
那好，还是让我们
来把幸福的含义全部揭穿
它来自人类
它是人类一场永劫的惩罚

1996年8月16日　太和楼

暮年

唱完最后一首歌
我就可以走了

我跟我的马，点了点头
拍了拍它颤动的肩膀

黄昏朝它的眼里奔来
犹如我的青春驰入湖底

我想我就要走了
大海为什么还不平息

1996年8月17日 太和楼

消息

我说我的国家，它勤劳、勇敢、智慧
还经常玩弄智慧，远古就有的
像其他所有的国家
但没有什么力量可以解除我与它的关系
远古就已注定我的存在，我的未来也在注定
我必定要瞎哭着来到它的某个乡间
屋前有一条河，喝那河水长大，直到弄懂
一个乡村，一个城市，一个国家，一个人
什么东西不会消失呢，太阳进入黑暗
真理要宁静地普照
无论我们从这个国家出走，还是被放逐
或者仍是因热爱而愤怒死在它的土地上

1996年8月26日 太和楼

和谐

如果我真的显得多余
像南方商业的噪音，以及人们对金钱的谩骂
我的多余，正是对你们恰到妙处的打击
你们不会知道，我曾努力使自己变得无知和糊涂
只写一些无关痛痒的诗，但必须健康
像我的身体一样，像野草
远离城市的污染，远离美好的言词，自生自灭
这不符合我，我的怪性从中作梗
折断我，使我自己叛离
我的灵对我的肉体说：走吧，没有水和粮食
我的肉体对我的灵说：走吧，没有栖落的地方
事情到这里还没有结束
我又不断听见你们梦呓，难道是我
在不断偷听你们的梦呓？

1996年10月26日 圣地居

一天的痕迹

那天经过沙河大街，看到他们在砍树
那些树枝繁叶茂，树干却早已腐朽
当我来到一片建筑区，看到了另外的景象
一片树林被砍倒，有的细嫩，有的粗健
同样枝繁叶茂，工人们坐在树上
打盹、抽烟、盯着街边摆动的腰肢
对他们来说，我的到来有点意外
但我却想着是否该提醒他们
下午5点30分，秋天就过去了

1996年11月26日 圣地居

大海终将变得沮丧

我最初的到来，他们没有在意
心要在潮湿的角落发出声音
它要向天堂进发，向权力低头，向世俗屈膝
阳光照不到树根的爬伸
我也知道心要在潮湿的角落发出歌唱
它鲜活的旋律，像树木弹拨天空
让我们一起感受它的激越与优扬
为他们祈祷，宽恕他们
大海终将变得沮丧
当我把心领出潮湿的角落
成为酵母投入大海

1996年11月26日　圣地居

不要隐秘我们的心

观察植物拔节，倾听它们滋滋生长
必将探求到生命的奥秘
万物本来就没有声音，人类也没有耳朵和眼睛
我们被置身和谐、梦想和死亡
世界令我们在未见面之前就相互寻找
我们的束缚来于我们自身，施下斧刃
也必定屈于斧刃，或两败俱伤
所有斗争绝非偶然，它类如我敏感事物的天赋
我早就发觉：必须逃出生命的怪圈
手脚妨碍我们的语言和声音，又是它们
妨碍我们行动和思想
避免贞节成为眼中的垃圾，我们仍然做不到
感叹天空这无穷无尽的窟窿，漏掉或陨落我们
被大地接收、滋养，为爱、憎恨而成熟
越过藩篱，不像越过心灵和意志
让我们不顾黑夜阻拦倾听生命而成为知音
不要隐秘我们的心而显露出脸

1996年12月23日 圣地居

北方

一身贫穷就到北方去
北方的秋天落满金子
因失恋而不能忘去的名字，被金子覆盖
灵魂与肉体，不需要祈祷和祝福

让死亡变得坦荡就到北方去
北方四季分明，如一张喜怒哀乐的脸
纯朴与亲切，舔着你的心灵
你在道路上留下爱
你知道你在世间做下的一切

如果想回到树上的生活就到北方去
那里，身佩宝剑的侠客在游荡中劳动
那里，时间令正义和真理结合起来

1997年1月12日 圣地居

为祖父而作

他应该在赤磊河边安祥地活到百年
他用利斧砍伐过荒山的大木，河水流到今天
是他的奇迹，他的勤劳和勇猛
胜过饥饿的虎豹
他用铁器和木料架筑无数梁房
他应该站在今天的房梁上在早晨祝福他的子孙
这些青青的田亩
随季节逐渐金黄
洪水曾吞没了一切，但树木仍在长
不像我年轻的祖父，在这里流落
在另一地夭亡

1997年1月5日　圣地居

东荡洲

不能放下，不能不自己对自己说
你过于渺小，过于眷恋，像妇人的心肠
我背着你流浪多年，依然还要流浪
在你疲倦的皱褶里选择舒适的温床
却从来不梦见你固定的形象
我摸到你泪的冰凉，使我更加坚定
相信我爱着
时间不能把你和我分开
时间会不会也是一种罪过
你那时允诺我把你赞颂，并让赞颂流传至广
我却带着夏夜的蛙鸣进入喧嚣的尘世
窃听人们不愿听见的声音
窃听人们日夜渴盼的声音
窃取他们的罪证和喜悦
窃取他们的剑和玫瑰的毒
大地在深冬褪尽芬芳和颜色
我在世间犯下罪行
当我死去，它还会长留世上

1997年1月5日 圣地居

诗歌是简单的

因为思考而活着
在人群拥挤的喧哗中闻到香气
在单个的岩石上闻到生的气息
在人群、岩石、草木与不毛之地
也会闻到所有腐臭和恶烂的气味
诗歌是简单的，我不能说出它的秘密
你们只管因此而不要认为我是一个诗人
我依靠思索
穿过荆棘和险恶而达到欢迎我的人们
铁树在我临近的中午开花
铁树的花要一个长夜
才会在清晨谢去，那时我遁入泥土
因为关闭思考而不再理睬世间的事物
鸟儿停顿歌唱，天空定有瞬息的凝固
你们挫败了我，是你们巨大的光荣和胜利
而我只是一株蔷薇草，倒在自己的脚下
风很快就把一切吹散

1997年1月6日　圣地居

来自莫斯科的传言

我见过孤独的人，但从未见过
发出音乐的器官的孤独，他在马嘶声中
拥抱邻近的灌木，被大地创造，如今隐匿
在木板、雪橇、酒精中被勾销
他是我从来没有见过的农家兄弟，戴着黑色礼帽
渺视彼得堡沙龙充满贵族烟雾的欢笑
来自梁赞村落的自信、自狂和抑郁，他同样渺视
他沉迷美酒和田园
他沉迷于用自己的肉体制做蜡烛
他在熄灭，在莫斯科的大街上摇晃
来不及照完他与异国女人婚姻的旅途
他已过早地将自己吹熄
现在来看看那有趣的马车夫，他在莫斯科
到处传言：你想要获得新的自信
就请跟我一起，去叶塞宁大街

1997年1月14日　圣地居

夜晚不能带走的

那座村镇还没有逍逝，随着遗漏的言词被重新拾起
它是大理石、碎石和从他乡运来的杉木牢固的建筑
它是一条土堤和野苇随风逶迤的头颅
夜晚不能带走的，辉煌也别想使它消亡得更快
它是我的节日，没有门在我们中间
我所能做的，也就是用所有的节日把它纪念
自由使我自由地与它往来
可以带着它走向所有虚掩的道路、客栈、并放心流浪
它将照例送给我清朗的早晨、凉爽的午夜
教我唱献给陌生人的赞美诗
一首赞美诗我要献给鲜嫩的野草：它容易腐烂
容易再生，但永不消逝

1997年2月5日　圣地居

预言

你还没有出现
你还没有朝我微笑
我在夜半惊醒，犹如一个受宠的小孩
在无限之中遇到的巨大缄默
让我守住了这无声的甜蜜
还要一天，或许一生才能渐渐消除
我的无措或惊惶
预言之中黑暗永无穷尽，种子在奔跑
你那无助而怜悯的心
有一天会闪耀

1997年2月22日 圣地居

虚无

我多么希望你活下去，但并非希望你
要获得永生，可以不做一个伟大的人
也决不可以做下任何一点卑劣的事情
困扰我们的水，它不是水
困扰我们的火，它不是火
困扰我们的真理，不是真理
时间其实是静止而又空洞的虚无之物
不能教我们以实在的意义
忘记它，并且藐视我们所需要的
停在树枝上亲吻花粉的蝴蝶
永远忘记了吮吸水土的根须

1997年3月8日　圣地居

痛苦比羽毛还轻

透过都市冷的金属和玻璃
我看到他们的假面舞会，他们的进行奇特
在汽车、树林、公园的长椅上
他们热烈地进行。在大喊发财
向金钱进攻的旋律中，他们清醒地
抓住晕眩的拐杖，把别墅从山脚移到
咖啡和酒精的杯盏
这是嗅觉需要洗涤的时刻，百合花
和原野的杂草，以及河上漂走的死鱼
发出同样的香气，一个男人、女人
和他们的追慕者，流出同样的汗香
旧的观念和新的观念在同一个鼻孔吸呼
奔赴城市新的开发区和伪劣人格
是这个时代商品的需要
乡村和城市在迷乱的羽翅下庆贺
痛苦的又一天过去了
而痛苦比羽毛还轻，还多
像烟雾弥蒙了世纪末的祖国

1997年3月26日　圣地居

有准备地走向地狱

现在你还没有行动
你就该回到地狱去，或回到你的心上
地狱随时都在你的心上潜伏
我们靠得那么近，它要咬噬我们的
正是我们费尽心血争取到的。在世间
还有什么东西不能舍弃
还有什么东西需要争取
相信我们不是永恒的，相信万物
也将要被我们糟蹋和吞灭
但，庸懒的将要成为魔鬼的兄弟
我们明明看到创造的日子，我们伸手
就可能获得，却总与我们有那么一段距离
不能逾越的石头？不可想象的末日
我们如何能有准备地走向地狱
我们的每一秒钟都在向它靠近
它那巨大的血口张开露出狰狞
吞吐着蛇的信子，伪装成激动的火焰

1997年3月26日　圣地居

黄金是最轻的物质

时代的价值在变，把我带到天上
随云朵升上去，降下来，左右飘忽
我是浪漫的，但我更是一个现实主义者
黄金是最轻的物质，充满污垢
它只在空中运转，当要沉落
它只能躲到山后，或一头扎进海里
而脚手架野蛮地架在欲望上边，它暴力的交易
使泥泞里追逐的小鹿停下脚步，望那
美丽南国被水泥毁掉的芭蕉林
先是干旱，后来多了雨水，洪水漫淹
飞翔真是天堂之物？或是水上的泡沫
我是浪漫的，我梦想中的天堂在变

1997年3月28日　圣地居

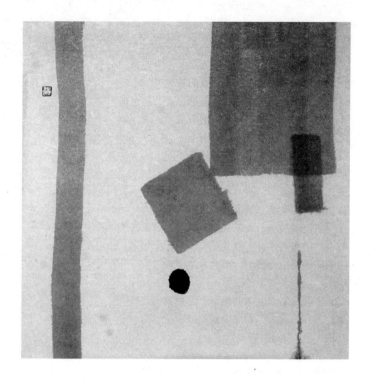

信徒

我赞美你们而被你们赞美
我情愿你们诅咒我，而受到我的赞美
这有什么不可能？告诉我：怎样
才会使我麻木，软弱无力，不听从
美的召唤，不屈膝在它的脚下
我情愿放纵，甚至忘却我的所爱
做光荣和鲜花的臣民
做大树和诗歌的信徒
你们会看到我满意地死去？你们会看到
我像凯旋的战士，或一只战死在野地的工蜂？
死去的已经朽烂，不能生还
活着的还要倍受煎熬，不会永生
生命本是一场盲目的战争
那么多有毒的和无毒的花草，迎着我们开放
阻挡不住的香气，却非要我们拥有
并说出它们的名字

1997年3月31日　圣地居

过去的雪和辽阔

去吧，在这个小县城临郊的洗马桥
每年那只强健的大雁在这里逗留
而又飞去，正如我强烈的爱
给了许多的事物，但它们总是离开我
1992年秋天，或许还早一点
我和洗马桥的孤独，虽不能说
是情人的孤独，随着季节的仁慈而壮实
有如花蕾的初放，它却太早
在我们中间中止了幻想
我想我更为不能记忆的
似乎是强盗砍断我们各自的一条手臂
漫长的洗马桥，又一次预见友谊和死亡
在今天仍然需要有足够的勇气
面对过去的雪和辽阔
死神、恶棍和流氓，不止一次扼住我们的咽喉
没有谁能拯救我们自己的声音
雪野哑吧一样融化
却未看见大地的伤口

1997年4月1日 圣地居

我在这里喊着你

过去的只是时间、无奈，而新的
时间、无奈又使我充满危机
走上这条路，真是永劫的行动吗
在你们中间和在我自己的孤立中
不曾品尝大刀和北风的原野，那么我该
回到我更加孤立的夜与梅花厮伴
我常常听到我自己的声音，我在这里
喊着你，就像在远处喊着你
难道这原本就是出自生命本能的冲动
有一种非说不可的喜悦或痛苦要宣泄
给你，或另外一个你一样的人
仿佛很早以前我就来过，在这里有过生活
原野上的蔷薇回味着风的秘密与滋润
可它也有过分离、哭泣和爱情的死亡

1997年4月3日　圣地居

隐没于彗星

世上每天发生许多事我都不知道。牧羊人
和那天国的女儿，在圆石上交换着蓝天的语言
时光并非悄悄溜走，侧向一边
是吗，我该向他们走过去，有一头羊
白色的头羊走在队伍的后面，有一杆长鞭
从家里赶来，还未落在它的头上
下雪了，最平常的礼物，而我接受
却要灭绝最初或最后的花苞和声音
即使爱情像真理仍在这里逗留，捉住
一棵类似人类的大树，或大树下想躲着我的人
在这虚无而大的脸面，我只能是世上万事万物
的任何一种，仅仅朝前迈一步
或不无忧伤地看了周围一眼，便隐没于彗星

1997年4月10日　圣地居

年纪轻轻时

尽管他打开了眼睛
他的逃跑明显的属于愚蠢
他要逃往哪里，他的路径全错了
他从来不诅咒他缺乏才华和超众的能力
却非要装模作样地拿出诗人的派头和痛苦
来唱一些很不和谐的腔调
关于人民的疾苦，他只在很少的篇幅里掠过
而对于祖国的虚假，他完全像蜗牛一样
把头深深地缩在坚壁内
难道这就是我，年纪轻轻时
就识得了宽阔和博大，并将自己的一生
都交予它。不要说了，那些荒唐的把戏
请用羞愧的花朵来嘲讽他
用内疚的眼睛来凝视他吧
用落空的心停在他逃跑的途中
这些着火的凌锐的石头
定会将他撕成一块块着火的碎片

1997年4月10日　圣地居

从日出时找回了遗失的美

那个村子的忧郁，在傍晚发出的叹息
从日出时找回了遗失的美
在平凡的劳作中又像牲畜一样不断繁衍
一生是沉默的，再一生也是那样沉默
陷入泥淖，如陷入花朵
他们在旷野辩认了旷大的智慧
他们所创造的和平，并非用土地换来
那些乡村简单的日子，河水一样透明地流去
犁铧与土地缔结的情谊，深刻而使心灵变绿

1997年3月5日　圣地居

我永不知我会是独自一人

如果到三十四岁对我无比重要
时间对我来说真的有了领悟
我应该说生命快要逝去一半：我无知而生存
我盲目地有知而生存得如此热烈
为虚无写下颂辞，为真实而斗争
即使痛苦也得用半生来眷恋
它的回报同快乐平分回忆而持续
人祖啊，你的真形因欺骗而活显
你不显露真形是不是更大的欺骗
请让我暂且在接近山峰的时刻
对自己提出疑问：我攀着绳子向上
不断地感到快要滑向深渊，我把握着的
是什么？不能怀疑的真
它乘此偷走我大量的黄金
这些我赖以活着的闪耀的东西
它们再不能在以往闪耀的地方闪耀
我永不知到达山峰还能继续上升
我永不知那山峰为什么使我前往
我永不知我会疲倦而去像那巨石滚下
我永不知我会是独自一人

1997年6月24日　圣地居

九月

石头还在上升，进入我的喉咙
你呀，是你在搬运
九月，熟透的颂辞：
不可救药的家伙

仿佛三个睡眠
三个白天也一样，石头还在上升
没有它，九月便死亡

石头还在上升
仿佛县令的案台，惊堂木
一响，该死的

你的声音柔柔的
石头还不落下，莫非
只有在天堂
才能将我审判

1997年9月29日　圣地居

活的迷宫

谁造了我们谁都会得到诅咒
我们不是为感谢而进入活的迷宫
快乐该消逝而不消逝
痛苦该消逝而不消逝
我们永远看到自己都是如此活着
灵魂也好像从未离开过肉体
它偶而飞翔，偶而没有了踪影
但它似乎从来就没有离开过肉体
我们为自己坚守，即便是另一个自己
也不能探取自身最深的秘密
它说：爱。它说：抛弃。
这些具体的磐石，和我们无数次沉下
有时也把我们推到高岸
野兽和雪松同样使我们感到惊惧和宁静
我们是自己的猎手，无数次对自己
欲擒故纵，在那一刻却被它们面对
或许这只是一个背着面包和火的游戏
在远一点的地方，在更远一点的地方
我们面对的并不是道路和自己
我们从来就不知道黑暗
我们从来就没有错过

1997年10月25日 圣地居

灰烬是幸福的

光阴在这里停顿，希望是静止的
和昔日的阳光停在窗台
假使你们感到愉悦而不能说出
就应该停下，感到十分的累
也应该停下来
我们的每一天都是我们的最后一天
灰烬是幸福的，如那宽阔而深远的乡村
野草的睡眠因恬谧而无比满足
即使那顶尖的梦泄露
我们的欢快与战栗，使我们跌人
不朽的黑暗，犹如大海的尽头
人们永远追赶却始终还未君临
人们跟前的灯火
我们将在黑暗中归于它

1997年11月4日　圣地居

凝固

我有过过去，不需要未来
但我又在面对重新开始。这意味着
把自己再投入水泥、水、砾石
和沙子的搅拌机里
是的，会凝固的
而我多么愿望是她攫走我的灵魂
是我的灵魂在她那里凝固

1997年11月25日　圣地居

杜若之歌

我说那洲子。我应该去往那里
那里四面环水
那里已被人们忘记
那里有一株花草芬芳四溢

我说那洲子。我当立即前往
不带船只和金币
那里一尘不染
那里有一株花草在哭泣

我说那洲子。我已闻到甜美的气息
我知道是她在那里把我呼唤
去那里歌唱
或在那里安息

1998年4月 世宾寓所

硬币

对于诗歌，这是一个流氓的时代
对于心灵，这是一个流氓的时代
对于诗人，这个时代多么有力
它是一把刀子在空中飞舞、旋转、并不落下
它是一匹野马，跑过沙漠、草原
然后停在坚硬的家。喧哗
又成叹嘘
这个时代，使诗人关在蜗牛壳里乱窜
或爬在树上自残
这个时代需要一秒钟的爱把硬币打开

1998年4月 世宾寓所

流传

作为谬误，他正在死亡
骨头在火中被取出
焦炭和古树飘着灵的气味
野兔是你们闻到的最初的气味
它背弃月亮，它的白色
对森林与河流怀有敬意
它在黑暗中的自由
将使你们自己背弃
你们还将在一个时代的终点看见逝去
它是暗淡的，在草丛中游走
预见你们的墓穴

1998年初夏 伊甸家中

庄园

新来的陌生人站在树下
示意我朝一个方向望去，前方不远的高处
有一个背着包袱唱歌的人
他从夕阳那边来，脸上染着的却是朝霞
现在我已听清了他所歌的调子
他的词我还听不懂。那树下的人
似乎已听懂了歌的内容，他露出了
初恋时的喜悦，微低着头
缓步向我靠近，他的心中似乎装着
我所得不到的秘密和黄金。我再抬头看
那唱歌的人已丢下包袱，坐在山坡上
歌声渐渐低了下来

1999年4月 南山

上帝遗下的种子

我没有见过真正的果实
收获的人们总是收割半生半熟的秋

大海还未显露她的颜色
她把深藏的苦水叫快乐
船帆停在对岸的港口

可是秋天啊，她要静静地坐下
上帝遗下的种子
上帝会不会把它带走

2001年10月　益阳

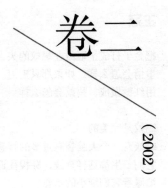

卷二

（2002）

寓言

他们看见黄昏在收拢翅羽
他们也看见自己坠入黑洞
仿佛脚步停在了脸上
他们看见万物在沉没
他们看见呼救的辉煌闪过沉没无言的万物
他们仿佛长久地坐在废墟上

一切都在过去，要在寓言中消亡
但蓝宝石梦幻的街道和市井小巷
还有人在躲闪，好像对黑夜充满恐惧
又像是敬畏白昼的来临

2002年5月6日　牛塘

王冠

把金子打成王冠戴在蚂蚁的头上
事情会怎么样。如果那只王冠
用红糖做成，蚂蚁会怎么样

蚂蚁是完美的
蚂蚁有一个大脑袋有过多的智慧
它们一生都这样奔波，穿梭往返
忙碌着它们细小的事业
即便是空手而归也一声不吭，马不停蹄

应该为它们加冕
为具有人类的真诚和勤劳为蚂蚁加冕
为蚂蚁有忙不完的事业和默默的骄傲
请大地为它们戴上精制的王冠

2002年5月6日　牛塘

黑色

我从未遇见过神秘的事物
我从未遇见奇异的光，照耀我
或在我身上发出。我从未遇见过神
我从未因此而忧伤

可能我是一片真正的黑暗
神也恐惧，从不看我
凝成黑色的一团。在我和光明之间
神在奔跑，模糊一片

2002年5月6日　牛塘

那里是一滴水

他们要去的地方是他们最熟悉的地方
他们来到这里和他们一生下来至今所经过的
都是他们的停顿和休息之地
他们生来就是出发
他们把树木、村庄和动物与人群的面孔
视作他们辨认的标记。他们不曾在事物上逗留
时间是大象的鼻子，被他们牵着并听他们使唤
他们称出发为回去
他们称停顿和休息是让他们
获得更多的树阴和满足在沙漠上的氧气
和干粮，以及回忆和对神的忘却
没有一根树枝和叶片能阻止他们看见更远
从自己的心灵和肉体认识飞翔是没有停息的
如果神对此发出窃笑，像孤独把尾巴暴露
而他们是一群从草原出发的马，扬起尘埃
又把尘埃甩在后面(尘埃的疼痛是历史的疼痛)
他们要去的地方像他们的心一样熟悉
那里没有光芒四射的殿宇
那里是一滴水，蔑视神灵和光阴

2002年5月6日 牛塘

树叶曾经在高处

密不透风的城堡里闪动的光的碎片
并非为落叶而哀伤
它闪耀，照亮着叶子的归去
一个季节的迟到并未带来钟声的晚点
笨拙而木讷的拉动钟绳的动作
也不能挽留树叶的掉落。你见证了死亡
或你已经看见所有生命归去的踪迹
它是距离或速度的消逝，是钟声
敲钟的拉绳和手的消逝。大地并非沉睡
眼睛已经睁开，它伸长了耳朵
躁动并在喧哗的生命，不要继续让自己迷失
大地将把一切呼唤回来
尘土和光荣都会回到自己的位置
你也将回来，就像树叶曾经在高处
现在回到了地上

2002年5月6日　牛塘

看见里面的光

在黑暗中你也能够看到，而在你的怀里
她才能把光明和火焰看得真切
牵牛花在大地上奔跑，玫瑰的燃烧
要无视黑夜的黑歌唱和舞蹈
风的颤栗已使你洞悉了野草的天真和不幸
正是她在幸福之中看见的不幸
正是她在回头时遇见的你的脸
正是她看见你在燃烧的群峰间急速隐去
当翅膀对土地有了怀疑
或是土地对翅膀有了怀疑
她真的甘心爱上，深深地爱上
一个人的才华和他同样显明的缺点
大海的疯狂还要继续推进
它要在岸上抓住它的立足之地，它要寻找
它要回到一滴水的中心
大海的疯狂是一滴水的疯狂，它要把匣子打开
看见里面的光，又看见外面的光

2002年5月6日 牛塘

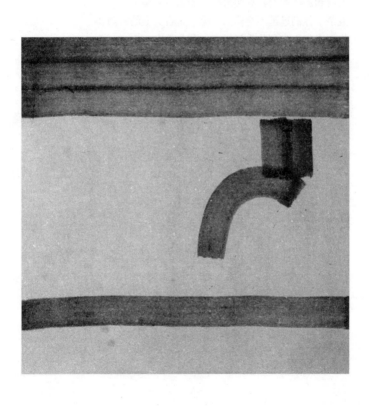

给这个时代

从未静息的战火在热带温暖的海洋中
长尾鲨鱼挥舞着镰刀收割海水的谷物
这些动物世界的智者，就像你们紧紧地抱在一起
从三个方向把猎物赶到一个适合消灭的战场
它们比身体还长的尾巴甩打着海水，惊吓着
凤尾鱼、鲭鱼和鱿鱼，并使它们就范在围剿之中
你们从它们的身上看到自己的影子是如何疯狂
大海和新鲜的食物充实着你们的肠胃和满足
战争于你们远远不会停息，哪怕是石头上的水藻
你们也得用尖利的舌齿把它们刮食干净
当海上和天空中漂满白森森的尸骸
你们的嗅觉还会嗅到死亡的气味

2002年5月6日　牛塘

卑微

我沉醉在他们的帮助之中，同时我也沉默
面对他们的倔强来自破土的植物
我沉默是因为他们的芬芳，已使我深深迷醉
是因为他们悯怜我单身一人，没有河流赐予的女儿
我沉醉于他们的智慧把我引到一个更加宽阔的世界
那里有参天的树木和纯洁的鸟群，那里金色的屋宇
闪耀着黑暗的光明，那里王与臣民平等而友好
那里的道路向上，平坦而惊奇，犹如下坡一样轻松
我见到他们的灵魂，仿佛微风中芙蓉从水里出来
他们与大海融为一体，他们唱着同一种噪音
他们是同一个人，他们在世间生活过
他们仍然抱着尘烟在不断上升
他们是我看见的所有的人，没有恐惧
走近陷阱像走近自己，照见自己也把自己唤醒
他们让卑微显现伟大，像草木一样生息繁荣
当死亡吹出时光的老脸，裹着黑色的披风出现
在他们面前，他们没有惊慌，微笑着迎接了它

2002年5月6日　牛塘

世界上只有一个

什么是新的思想，什么是旧的
当你把这些带到农民兄弟的餐桌上
他们会怎样说。如果是干旱
它应当是及时的雨水和甘露
如果是水灾，它应当是
一部更加迅速而有力的排水的机器
所有的历史，都游泳在修辞中
所有的人，都是他们自己的人
诗人呵，世界上只有一个

2002年5月6日　牛塘

在大海里放下我们的心

我爱过的人和我恨过的人，他们离开我
现在又回到我身边。我的身边聚集着
更多的我触摸过的事物和我想要触摸的
以及我还未知的一切，就像我在少年时代
面对一条四月的河流曾有过的自信
也许我还愿继续犯下那可爱的错误
当我再回到岸边致意乘风远航的朋友
向他们述说，我曾有过的经历并寄予我的祝福
我将不再需要弄清我的未来
他们对自己所企盼的，与我所企盼的何其一致
在河水里洗净我们的肉体
在大海里放下我们的心

2002年5月6日　牛塘

金子在沙漠中

来吧，永远的，苞孕蓝色之光的潮汐
阳光已经没顶，带着你的完整的阴影
击碎它们

由于金子在沙漠之中，锣鼓的兽皮
和美人的笑容又被沙子覆埋，牛角还在吹响
由于陷于沼泽的骆驼已逃出险境

秘密地从草根出发，贯穿叶茎的河流
现在已经获得想获得的一切，统治着自己
并呼吸着自己的芬芳，风低下了头

来吧，由于一个人还不能看清另一个人
由于他自己还不能把自己看清，玫瑰
退到湿润的墙角，繁殖着自己的刺和毒汁

2002年5月6日 牛塘

空中的梦想

那些在田野里起早摸黑的劳动者他们为什么呢
那些工匠在炭火里炼打刀剑和镣铐为什么呢
那些写诗的诗人们要写一个什么样的世界
那些出水芙蓉为什么还要梳妆打扮为什么呢
那些少妇和成年男子在街头为什么要左顾右盼
那些老人们为什么不出门远游
那些小孩建筑自己的高楼自己没法住进去呀
群峰已经低头，天空已经低头，河流带走了时光
手隔着手，眼睛看不到眼睛为什么呢
蜘蛛没有翅膀，也没有梯子和脚手架
它却造出了空中的梦想

2002年5月6日　牛塘

大海在最低的地方

我靠你越近，也许离他们越远
我想靠你越近，离他们也同样近
你是单性的，也是多性的，你生产万物
因你，我有了太多的欲望，我知道
我配不上获得，我一丝不挂地来到你面前
无力的肌体，现在已经有力
可以把自己搬动归到你手中
我想他们也在搬动各自的身体
他们在其它各自不同的路上归向你
你的呼吸是通过我的呼吸，通过月桂树
还有他们，我的朋友、陌生人，甚至是我的敌人
通过这些，你撒播了你的威力和雨露
我看到草木郁郁葱葱地生长，各自怀着孕和秘密
河流和高山，以及所有的昆虫和兽类
都怀着孕和秘密，你在万物的心灵施与
我祈祷施与我更多的威力和雨露
我看到星星和你保持默契的距离
太阳与你默契地配合，万物在生产
犹如我和妻子在劳动、在栖歇、在生产
我知道这些都是你所愿望的
风将一切都会抹平，又会重现
河流会将一切带远，又会重来
大海始终在最低的地方
大海最先会获得你的心

2002年5月6日　牛塘

十二个词

请看看这些词：蝴蝶。船舶。海洋和花瓣
有必要你们把海洋的平面，看成是光滑的
花瓣离开了花茎和土壤，躺在海洋的皮面
它不是死亡，它一直在活过来
蝴蝶追随它，停在它的嘴唇上
一个多么漫长的吻，船舶掀起波澜
海洋在恢复它昔日的疯狂
但蝴蝶仍然停在花瓣的嘴唇上

请看看鱼鳞片。战马和篝火
鱼在岸上。鳞片在水上。战马在思念、在回忆
尘土和烟雾还没有散去
篝火快要熄灭，在战马的尸骨旁

请看看这些红的宝石。丁香。露珠和鸽子
它们进入你们的房间和卧室
鸽子缭绕你们的头顶、屋顶
有时落在你们肩上、你们的手臂和掌心
多好的早晨，不要惊醒熟睡的丁香
透明的露珠躺在它众多的脸上，仿佛红宝石
仿佛繁殖和闪耀，在远方

2002年5月6日　牛塘

到中国去

大海的荣誉是永恒的荣誉
诺贝尔是大海
但诺贝尔明显的缺憾：不懂得汉字
可以抵挡人间所有的炸弹
他也不知道21世纪30年代，全球发疯
汉字养育人类，他们争相观光北京
抚摸圆明园的石头，在火中睁开眼睛
想去抱抱长城，甚至还想
爬进马王堆，躺上一个时辰
哪怕是赤磊河畔的东荡洲
诺贝尔也会驻足，脱帽致敬

2002年5月6日 牛塘

致俞心樵

他们在黑夜中行进
有如蚂蚁的王领着
拖着一支弯曲的长队。但谁见过
蚂蚁在黑夜里行动
谁见过蚂蚁在黑夜中干些什么
它们会扑向大海吗？但是他们来了
火把将黑夜撕开，分出光明
和浓烟，浓烟如另一队蚂蚁
在火焰上逃去，蚂蚁为什么
不像飞蛾扑向火焰
黑夜不能说话
黑夜不能像白昼一样把栅栏拆去
大雨到来之前，他们还见过
闪电的逃跑

2002年5月6日　牛塘

黑暗中的一群

这些远离光明的家伙
躲在深海的淤泥中
探出一个头，搜寻着水中的食物
它们长着腥腻的鼻子，追逐腐尸与垂死
动物的舞蹈。这些只长着一齿牙的怪兽
用它们的独牙，在动物身上钻出一个
它们钻得进的洞，它们要深入尸体
首先吃掉龌龊的肠肚，再去吞食其余的部分
这些乘虚而入的打劫者
沉溺于发出腐臭，或呻吟垂死的动物
一直在黑暗中进行它们的勾当，当它们满足
又逃入黑暗中

2002年5月6日 牛塘

这里的冬天有两个季节那么长

她们中的任何一个都是她们的全部
她是小开，或是尼娜，或是杜若
她在几年前嫁给了一个山村的糟老头
她似乎还十分满意她们在一起的生活
黑色云杉树在傍晚诱惑着兽群
出现在他们寂静的等待中，孤僻的山腰
一块小小的平地，只有他们两个人居住
他们占据，并习惯了一个又一个难奈的夜晚
他们这个圆木筑的简陋的房子，迎来
又送走了许多从外省来这里找金子的人
金子并没有被挖走，也许他们的耐心
还赶不上金子的耐心，金子在更深处
嘲笑那些愚蠢的狂徒。他们离去了
没有带走金子的希望，金子发着自己的光
在世间游走，也在矿床的梦呓里响着它的鼾声
然而他们在这里居住，在矿石和金子的上面
种植着豆角、辣椒和一些胡萝卜
他们会在金子没有露头的矿床的洞里转来转去
思索一些与金子毫无关系的问题：可能是碎石
土拔鼠和蛇，也可能是一些没有一点力量的小生命
她和她的糟老头在一棵火红的橡树下
用石头围起一片还不算小的菜园，他们必须
做得牢固些，防止野猪和其它的野兽
多情的金花鼠，他们这样说
他们会在冰天雪地的阳光下走近它，并抱起
放在自己暖和的胸口，抚摸它温柔的毛
多情的冰块，他们会这样说
噢，跟我来到火炉边
这里常有浣熊和鹿出没
这里的冬天有两个季节那么长
这就是我被一只戒指套住的南瓜藤的触须
在山坡上往上爬，又向四周伸展的视线

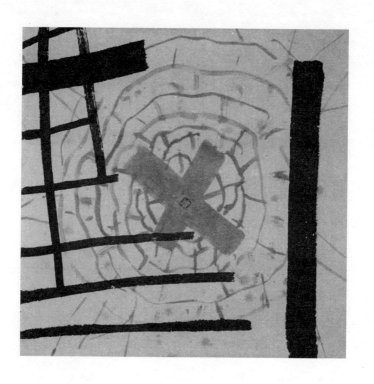

现在已经停住了，一个跌入冰窟的春天
尾随着九月雏菊斑斓的幻想，停在了
云杉树胶质的浓阴里，窥视着木屋的炊烟和响动
我没有在这里停留过，现在也不是
我想我已经深入到一个旧伤痕的危险
琢磨着我丢失的马靴和水袋、丢入水潭的
马鞍、马的两个后腿被荆棘刺破了
我牵着快要断的缰绳，马的尾巴伤心地摇

2002年5月6日　牛塘

打铁

他想在铁里盖一间茅屋
他想从火里娶回一个美人
铁匠铺的师傅快到中年，他双手是黑的
他的手不停地忙活，翻飞
使劲时露出洁白的牙。他的脸是黑的
他拖着一双烧破的鞋子。他的头发他的脸
他的四肢和衣服，他的全身上下所有的
乱得像他的铁铺，到处堆满了垃圾和废铁
他拉动风箱，仿佛一种瞬间的休息
遐想或沉思
他的双手在忙活。火焰呼呼尖叫，往上蹿
他的眼睛被烧红，在尖叫
铁匠铺的师傅已经麻木，他从胸膛
取出烧红的铁，使劲地打，操着他的铁锤
他要把它打成他想到的模样，他要把它打黑
他要造好他的茅屋
他要娶回他的美人

2002年5月6日 牛塘

上帝在黑夜的林中

我见过秋天
秋天像河流
我见过棺木,棺木装着我
漂在河流的上面

我在秋天里出生
打开眼睛就看见笑脸,而我哭着
还会在秋天把眼睛闭上

上帝一直在我左右
它召唤我,好像它也在躲避
从不跟我讨论我错误的一生
也不愿把我的灵魂放在合适的地方

当我最后离去
我只在秋天的怀里呆过一个白昼
上帝却在黑夜的林中,我看不见

2002年5月6日 牛塘

终点在哪里

仍然是她们中的任何一个都是我的全部
小开在西部,她可能已经将我忘记
她在城市高楼里看不到流浪的云朵
她不知道云朵会变成雨水,在她需要
的时候便会落下来,她不知道尼娜
早已去了地球的彼岸,操着英国的语言
跟陌生人在问路:去旧金山怎么走,还有维也纳
里昂、埃菲尔塔、波兰怎么走
杜若在干什么?她是最后一个闯入我的生活
她让我把头抬起。啊是这样,生活多么简单
她让我说生活多么简单。我说不出
还有那一年,我在漆黑的夜里,开始是漆黑的
我背着她上山,一步一步挪上石头铺的码头
我说小开,这一夜不会很长
明天我就要坐火车,终点在哪里
而鞭炮和礼花煮沸着城市,洗礼着新一年
的到来。那一年在北方,土豆和牛肉堆在房间里
有一头活羊,我没法下手,把刀子递给了别人
那是鹿的故乡,现在已经看不到鹿
以后也没有了。在那里我呆过大半个冬天
从未看到过那么多的大鸟巢,褐色的帽子
顶在大树上,黑色的乌鸦在天空并不歌唱
雪越下越大,我带着融化的雪回到南方
一条缺腿的木桌如今接纳了我,在它的上面
所有的书都已卷角,发黄的稿纸
瞪着发直的眼睛,和我相望了许多年

2002年5月6日 牛塘

行动

你搬着时间的梯子走了很久
你身体健壮有力，搬着梯子在森林
神秘地转悠，也在河流和无人的夜晚
神秘地转悠、观望
你曾因于传说而落入寻找迷途

你带着铁锹和铲子到处流浪
你强健的胴体迸射青春的活力，它不安
而四处奔走，即使如今已快到中年
但你应知黄金的时光比黄金更为宝贵
要沉住气，热爱周围的事物，像临死的人那样

也许你寻找的并不存在，它只是传说中的光芒
时间的梯子将要在空中折断
铁锹和铲子终会埋在废弃的深井
要沉得住气，仿佛你已经拥有
它确确实实伴着你，像你的心在发光

你应该像老人一样思考，像青年一样行动
平静下来，你要知道你身处何方
你要知道你所做的事情，它可能毫无结果
仿佛露珠在黑夜降临于大地
它会消失，在光明之中

2002年5月6日 牛塘

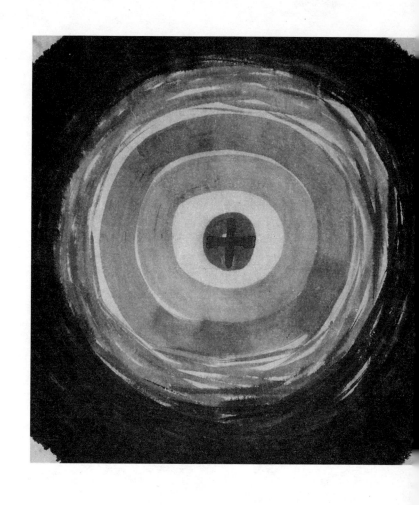

馈赠

粉红色的噪音从夜的羽毛里落下
传播着新土埋下种子的声音
种子是鸟衔来，埋在肉体里
呼喊着露水的覆盖

仍有杂乱的声音没有静息
仍有艰难挪动的脚步
仍有搬运粮食和虫子搬家的响动
仍有水波把月光击碎，水泡在幻灭

在香蒲草的房间里有少女在叹息
一面锈钝的铁钟在檐角幽鸣
一个人走向春水荡漾的码头
他忘记黑夜已经来临

夜的手指在伸展，在抚摸
大地在馈赠，透明的尖叫
黑夜的种子
早上的花朵和果实

2002年5月6日 牛塘

灵魂

在我眼前经常晃动的白骨和骷髅
蓝色和暗黄地闪烁我儿时的快乐
推土机,红色的推土机吐出浓黑烟雾
青色的坟茔和它们安详的梦被推到了沟里
现在看到的是一片棕褐的土地平整而新鲜
现在看到棕褐的土地上,暴露出朽烂的棺木
和衣服,白色的枯骨仿佛在惨叫,在哀吟
现在看到一片生产的热潮仿佛推土机使劲冒烟
孩子们不懂这些,孩子们在玩耍
踢着石子一样踢着零散的骨头
他们也冒着烟,没有看见灵魂
白骨飞起来,白森森地飞越我的童年
落在我的骨头里——咔嚓咔嚓地响着
被另外的孩子飞脚踢起
咔嚓咔嚓地响着,他们也没有看见灵魂
也许等一会,他们就会看见
现在我已经看到我的母亲,有一天死了
被埋葬,也被红色推土机推出地面
(呵母亲,已不复齐整的模样)
尸骨已朽,暴露在孩子们的脚下
也被他们踢起,她的头颅飞起来
像一个飞着无法进网的足球,被传递
激烈而晕旋,在我的脑子里不断哆嗦和颤抖
母亲在呻吟,滑入煎熬的河流
她再不能安息,她再不能

2002年5月6日 牛塘

看上去多么愉快

在电影和书本里看到的战争
已成为我的历史，仿佛我亲自参加
我的战友，有的死于冲锋时的战火
有的被乱枪杀死，有的凯旋归来
死于美酒和鲜花，有人遭忌妒而被装进
伙伴的笼子。但是他们为什么
战斗，为什么冲锋，如果他们明白这些
如果他们死后才知道是如何糊涂地死去
而电影和书本还在继续，我想我仍然
会沉浸在战斗与硝烟之中
在刀剑和子弹的网里，如果我侥幸而获得荣光
是否能从伙伴的笼子里无声无息地逃出
站在另一个山，头宣布停止所有的战争
看上去多么愉快，整个世界一点火药味都没有
像一个和平的村庄，他们做他们该做的事情
什么事情是他们不该做的，在这个时代
只有你还说得出来

2002年5月6日　牛塘

真理和蚂蚁

不可言说的真理，说出它
意味着说出了谎言。真理犹如石头
赤裸而沉默，对抗一切外来的力量
如果将它粉碎，它便力量倍增
在此之前，我还未投入神的怀抱
我对蚂蚁的劳动怀有特别的感激
它也不可言说，精确而有力，从不仰视
高大的事物，如果愿意，它随时都可以
在它们的头顶开垦一片自由的天地
如果它爱，它在那里建造爱的宫殿
我曾"请大地为它们戴上精制的王冠"
我也曾因忌妒，而泄露人类的叹息
不可言说的远不止真理和蚂蚁
什么东西把我们拉住，无法挣脱
丢弃我们，也许我们才能把自己丢弃

2002年5月6日 牛塘

月亮第一次照耀

甲壳虫呼吸在神秘与发现之中的草地
啄木鸟也表现出极大的欢欣，从树洞口探出头来
时代的变迁则悄悄行进在光阴的旅途
大地与河流伸展着无穷无尽的奥秘而饱含激动
他们在深入，在园子里的果树上红了脸

老人的手把你安置在恬静的庄稼地
秋风越过雨水和城市，传递劳作与丰收的号子
谁都在指望秋天的降临，如今它降临在你的身上
野兔已经来到鸡群之中，在舔食滴着露水的青草
不朽的轮子在深入，顺着牵牛花爬上了篱笆

当星星的耳语对你说出喜悦，禾苗对你吐露
它内部的热情，石榴花蜷缩的热情在舒展
恋人们从草尖上醒来，他们带回爱的果实
仿佛月亮第一次照耀，你已获得整个田园
早晨的果树呼吸在神秘与发现之中

2002年5月6日　牛塘

还没有安息

你还在树上，在草叶
在小溪流，在鱼的口里，或者还在青苔里
你还要走遥远的路
你还没有安息，归入你的臂弯
你不能修改树上的叶子
任何树上的叶子，都完备而精致
你可以把气体从空气中分类出来
但你不能把叶子从树上分离

2002年5月6日 牛塘

死亡的犄角

一个人的欲望有多大，他自己看不见
一个人的心上居住着看不见的魔
有时候它是一只慈爱的手，抚爱你的翅翼
但它变成一个凶相毕露的老头会在暗处呻吟

谁都要拖住死亡进攻的犄角
童年的阳光就像童年
童年的阴影是太阳照不到的地方，它潮湿
它藏在贴身的口袋里发出霉腐气息，它随着童年
逐渐成长，长大后可能是一片没顶的海

童年的阳光要晒到童年的每一个角落
童年的手指要揭开每一片屋顶的瓦、每一片树叶
童年是大地赐予的金钥匙，它打开天堂的门户
它照得见地狱，但它从不畏惧地狱

一个人的欲望究竟有多大，上帝打破的杯子
它的缺口有多大，什么时候上帝把脸庞露出
什么时候上帝便难逃死亡的犄角

2002年5月6日 牛塘

信任

你们在日夜赶赴的地方，违背你们思念的根本
使你们莫名其妙地感动，它究竟是一个怎样的家园
是墓穴，还是乐园

你们在那里得到的养育：离开它，然后回来
光宗耀祖，这似乎符合大多数理想而又幼稚的青年
与他们那时的情感、思想相去不远

他们会说：他对他的祖国充满了信任
或干脆没有办法去信任，便选择了交友、出游
读书和沉迷技艺

他们会在异乡的山水里逗留，在交友中倾斜
他们也会不知不觉虚掷年华，燃烧在酒精中
当寒冷的月光，来自亲人的油灯下

当远方的田园吹来青色的风和记忆，他们会说
"风呵，吐出你的一堆堆叶子吧
我是无赖汉，像你一样"何其相似的一幕

即使远在俄罗斯，戴黑色礼帽的青年也会来到
你们中间，也会和你们一样投身归途
追星赶月地前进，又莫名其妙地从那里离开

这个使你们日夜梦见，又莫名其妙地逃离的家园
黄金的秋风，正用它的刷子
将擦去它们各自耀眼的颜色

2002年6月 牛塘

卷三

（2008—2013）

倘若它一心发光

一具黑棺材被八个人抬在路口
八双大手挪开棺盖
八双眼睛紧紧盯着快要落气的喉咙
我快要死了。一边死我一边说话
路口朝三个方向，我选择死亡
其余的通向河流和森林
我曾如此眷恋，可从未抵达
来到路口，我只依恋棺材和八双大脚
它们将替我把余生的路途走完
我快要死了，一边死我一边说话
有一个东西我仍然深信
它从不围绕任何星体转来转去
倘若它一心发光
死后我又如何怀疑
一个失去声带的人会停止歌唱

2008年6月30日　九雨楼

宣读你内心那最后一页

该降临的会如期到来
花朵充分开放，种子落泥生根
多少颜色，都陶醉其中。你不必退缩
你追逐过，和我阿斯加同样的青春

写在纸上的，必从心里流出
放在心上的，请在睡眠时取下
一个人的一生将在他人那里重现
你呀，和我阿斯加走进了同一片树林

趁河边的树叶还没有闪亮
洪水还没有袭击我阿斯加的村庄
宣读你内心那最后一页
失败者举起酒杯，和胜利的喜悦一样

2008年7月2日　九雨楼

倘使你继续迟疑

你把脸深埋在脚窝里
楼塔会在你低头的时刻消失
果子会自行落下，腐烂在泥土中
一旦死去的人，翻身站起，又从墓地里回来
赶往秋天的路，你将无法前往
时间也不再成为你的兄弟，倘使你继续迟疑

2008年7月3日　九雨楼

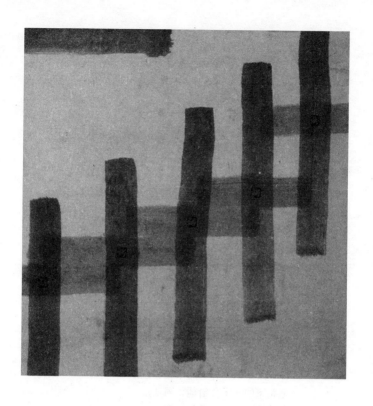

把剩下的一半分给他

你可曾见过身后的光荣
那跑在最前面的已回过头来
天使逗留的地方，魔鬼也曾驻足
带上你的朋友一起走吧，阿斯加
和他同步，不落下一粒尘埃

天边的晚霞依然绚丽，虽万千变幻
仍回映你早晨出发的地方
你一路享饮，那里的牛奶和佳酿
把剩下的一半分给他，阿斯加
和他同醉，不要另外收藏

2008年7月4日　九雨楼

哪怕不再醒来

这里多美妙。或许他们根本就不这么认为
或许不久，你也会自己从这里离开
不要带他们到这里来，也不要指引
蚂蚁常常被迫迁徙，但仍归于洞穴

我已疲倦。你会这样说，因为你在创造
劳动并非新鲜，就像血液，循环在你的肌体
它若喧哗，便奔涌在体外
要打盹，就随地倒下，哪怕不再醒来

2008年7月4日　九雨楼

别怪他不再眷恋

他已不再谈论艰辛，就像身子随便挪一挪
把在沙漠上的煎熬，视为手边的劳动
将园子打理，埋种，浇水，培苗
又把瓜藤扶到瓜架上

也许他很快就会老去，尽管仍步履如飞
跟你在园子里喝酒，下棋，谈天，一如从前
你想深入其中的含义，转眼你就会看见
别怪他不再眷恋，他已收获，仿若钻石沉眠

2008年7月11日　九雨楼

不要让这门手艺失传

他们说我偏见，说我离他们太远
我则默默地告诫自己：不做诗人，便去牧场
挤牛奶和写诗歌，本是一对孪生兄弟

更何况，阿斯加已跟我有约在先
他想找到一位好帮手
阿斯加的牧场，不要让这门手艺失传

处于另外的情形我也想过
无论浪花如何跳跃，把胸怀敞开
终不离大海半步，盘坐在自己的山颠

或许我已发出自己的声响，像闪电，虽不复现
但也绝不会考虑，即便让我去做一个国王
正如你所愿，草地上仍有木桶、午睡和阳光

2008年7月13日　九雨楼

喧嚣为何停止

喧嚣为何停止，听不见异样的声音
冬天不来，雪花照样堆积，一层一层
山水无痕，万物寂静
该不是圣者已诞生

2008年7月16日　九雨楼

他却独来独往

没有人看见他和谁拥抱，把酒言欢
也不见他发号施令，给你盛大的承诺
待你辽阔，一片欢呼，把各路嘉宾迎接
他却独来独往，总在筵席散尽才大驾光临

2008年7月16日　九雨楼

高居于血液之上

你看见他仍然观望，甚至乞求
面对空无一物，
但已使他的血管流干，那精心描述的宇宙
你称他为：最后一个流离失所的人

他还要将就近的土地抛弃
不在这里收住脚步，忍受饥肠辘辘
把种子在夜里埋下
然后收获，偿还，连同他自己的身体

他还要继续颠沛，伸手，与灵魂同在
高居于血液之上
可你不能告诉我，他还会转身，咳嗽
或家国永无，却匿迹于盛大

2008年7月9日　九雨楼

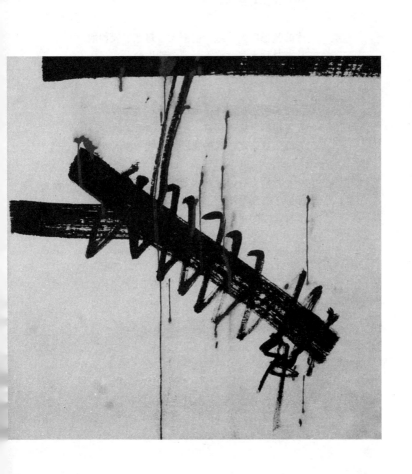

从一月到十月

从一月到十月，有一个新生命
他就要落地
仿佛失败已转向胜利

阿斯加阿斯加，他不得不寻找你的足迹
你把他带到沙漠上
却不让他看见你的脸

你的牧场广大无边，茫茫大雪封冻了天和地
从一月到十月，你不是那个新生命
他在跟随谁的足迹

阿斯加阿斯加，你在天地间转过半张脸
大雪包裹了你的伤口
天气依然恶劣，你的痛还要延续一些时期

从一月到十月，他跳入羊圈，把门夹牢
你的羊群满身灰土，在圈牢里翘望
嚼食难咽的干料

2008年7月13日 九雨楼

一片树叶离去

土地丰厚，自有它的主宰
牲畜有自己的胃，早已降临生活
他是一个不婚的人，生来就已为敌
站在陌生的门前

明天在前进，他依然陌生
摸着的那么遥远，遥远的却在召唤
仿佛晴空垂首，一片树叶离去
也会带走一个囚徒

2008年7月15日　九雨楼

奴隶

果树和河流，流出各自的乳汁
方井和石阶，循环各自的声音

但它们都属于你，阿斯加
雾水已把你的询问和祝福悄悄降下

一条青苔终年没有脚印
一个盲人仍怀朗朗乾坤

还有那顽劣的少年，已步入森林
他剽悍勇猛，却愿落下奴隶的名声

2009年3月30日　九雨楼

容身之地

这里还有一本可读的书，你拿去吧
放在容身之地，不必朗读，也不必为它发出声响
葡萄发酵的木架底下，还有一个安静的人
当你在书页中沉睡，他会替你睁开眼睛

2009年3月30日　九雨楼

芦笛

我用一种声音，造出了她的形象
在东荡洲，人人都有这个本领
用一种声音，造出他所爱的人
这里芦苇茂密，柳絮飞扬
人人都会削制芦笛，人人都会吹奏
人人的手指，都要留下几道刀伤

2009年3月31日 九雨楼

盛放的园子

到了，昨天盛放的园子
因他们而停止的芬芳，不再笼罩
千百种气味已融人其中
千百种姿态尽已消形
你来得太迟
你那千百颗心，再生于肉体与冰川
也无一样烈焰，能敌过凋零

2009年4月2日　九雨楼

家园

让我再靠近一些，跻身于他的行列
不知外面有丧失，也有获取；不知眼睛
能把更多的颜色收容

他面朝黄土，不懂颂歌
我如何能接近一粒忙碌的种子，它飘摇于风雨
家园毁灭，它也将死

2009年4月4日 九雨楼

异类

今天我会走得更远一些
你们没有去过的地方，叫异域
你们没有言论过的话，叫异议
你们没有采取过的行动，叫异端
我孤身一人，只愿形影相随
叫我异类吧
今天我会走到这田地
并把你们遗弃的，重又拾起

2009年4月4日 九雨楼

你不能往回走

每一匹马都有一个铃铛，每一个骑手
都有一把马头琴。当火种埋下，人群散尽
你不能往回走，然而在草原扎根
你该察觉，马的嘶鸣千秋各异，且远抵天庭

2009年4月8日　九雨楼

相信你终会行将就木

为什么我会听到这样的声音
在心心相印的高粱地
不把生米煮成熟饭的人，是可耻的人
在泅渡的海上
放弃稻草和呼救的人，是可耻的人
为什么是你说出，他们与你不共戴天
难道他们相信你终会行将就木
不能拔剑高歌
不能化腐朽为神奇
为什么偏偏是你，奄奄一息，还不松手
把他们搂在枕边

2009年4月17日　九雨楼

甩不掉的尾巴

选择一个爱你的人，你也爱她，把她忘记
选择一件失败的事，也有你的成功，把它忘记
选择我吧，你甩不掉的尾巴，此刻为你祝福
也为那过去的，你曾铭心刻骨，并深陷其中

2009年4月17日　九雨楼

容器

容器噢，你也是容器
把他们笼罩，不放过一切
死去要留下尸体
腐烂要入地为泥
你没有底，没有边
没有具体地爱过，没有光荣
抚摸一张恍惚下坠的脸
但丁千变万化，也未能从你的掌心逃出
他和他们一起，不断地飘忽，往下掉
困在莫名的深渊
我这样比喻你和一个世界
你既已沉默，那谁还会开口
流水无声无浪，满面灰尘
也必从你那里而来

2009年5月12日 九雨楼

让他们去天堂修理栅栏

鱼池是危险的，堤坝在分崩离析
小心点，不要喊，不要惊扰
走远，或者过来
修理工喜欢庭院里的生活
让他们去天堂修理栅栏吧
那里，有一根木条的确已断裂

2009年5月13日 九雨楼

只需片刻静谧

倘若光荣仍然从创造中获得
认识便是它的前提
倘若仍然创造，他又想认识什么
他已垂老，白发苍苍
宛如秋天过后的田野，出现于他眼中，茫然一片
天空和大地，安慰了四季
劳动和休息，只需片刻静谧

2010年4月4日　改于九雨楼

四面树木尽毁

你躲得过石头，躲不过鲜花
是歧途还是极端？往昔你多么平静
你的头顶就是苍穹
你的酒馆坐满过路的客人

躲闪能将你白天的足迹改变
驻足也能令你在暗处转身
你看得见五指，但看不见森林
四面树木尽毁，囹圄和沼泽已结为弟兄

2010年7月31日　九雨楼

一意孤行

还有十天，稻谷就要收割
人们杀虫灭鼠，整修粮仓，而你一意孤行
忘返故里，不做谷粒，也不做忙碌的农人

还有十天，人们将收获疾病
求医问药，四处奔波，而你一意孤行
流连于山水，不做病毒，也不做医生

还有十天，牧场就要迁徙
人们复归欢腾，枯草抬头，而你一意孤行
守着木桩，不让它长叶，也不让它生出根须

2010年8月8日 九雨楼

打水

去赤磊河边打水，你猜我遇见了谁
一个老头，他叫我："安"
他低着嗓子，似乎是一贯的腔调
但我想不起，有谁曾经这样叫过

雾水湿透了他的眉发
这个老头，从何而来
他起得这么早
他用桶底拨开水面，就帮我打水
接着又把我扶上牛背

2009年3月31日　九雨楼

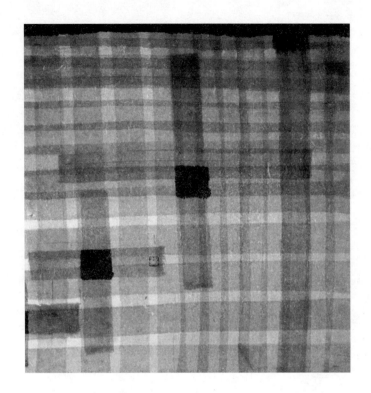

诗人死了

词没了，飞了
爱人还在，继续捣着葱蒜，搅着麦粥
你闯入了无语的生活

海没了，飞了
砂子还在，继续它的沉静，卧在渊底
你看见了上面的波澜

可诗人死了，牧场还在
风吹草低，牛羊繁衍
它们可曾把你的律令更改

2010年6月10日 九雨楼

它们不是沙漠上的

庭院里的蔬果，我要给它们浇水
它们不是沙漠上的，我也不是
我要一个星期，或者大半个月离开水
我会对鱼说：你们能否成群结队，跟我游向沙漠

2010年10月10日 改于九雨楼

它有隐秘的支柱

他有一只小而又小的心脏，他要从高处下来。
他经历的伤痕和丘陵一样多，
他翻越的秋天没有沉甸的头颅。
给他足够的体力，让他储备，让他无尽轮回。
灰烬总要复燃，或野草又回到脚边。
他看见你，那么多的现在和过去的狂欢，
循环往复，密布细小的血管。
这一切并非要唤醒　那些透明的肢体，
蚂蚁遇见大象，可能蚂蚁粉身碎骨，
也可能大象将失去水源。
这个夜晚要稍稍长一点，它有隐秘的支柱，
那些面庞一当出现，耀眼的，会远离顶端。

2013年3月26日　九雨楼

今晚月亮不在天上

我匍匐过的地方，现在又绿了。
那些嫩黄的，弓着腰，渐渐地绿了。
岩浆从地下来，身带烈焰，盖过你的期望。
三个黄昏，酒精还未出槽。
我晃了晃，罂粟打盹，鸟儿入林。
童谣不开花，它们在听从谁的召唤？
秋天高了，冷风来了，
我扳扳指头，数着过往的云，有人在烧荒。
谁在密谋？今晚月亮不在天上！

2013年3月26日 九雨楼

何等的法则

众生唏嘘、惶恐，鹰的高空萦绕松鼠与野兔的尖叫。
它却俯冲、掠食，往来于各个节气。
然而在低处，从未见你把刀的爪子抓住。
这是何等的法则？天空已经裂缝，
坍塌便不只是掩没大地的声音！

2013年3月27日　九雨楼

可能只是一时的无措

一个颗粒无收的人，还要活着，就会欠债。
一个走投无路的人，还要走下去，
他会有怎样的行动？
欠的永远欠下？走下去将不再拥有方向？
他在跑，你在追，比的不是速度？
那其中包含什么奥秘？是兔子掉进深水，
还是乌龟埋在洞里？
一砖一瓦，广厦千万间，谁在颠沛流离？
阿斯加，你见过他们的模样，
你见过悬崖峭壁，或深渊万丈；
眼睛红了，视力所到之处都在燃烧，
眼睛黑了，天紧跟着就会塌下；
你见过麻木，那死鱼的眼睛盯着前方，
它可能只是一时的无措，而非惊慌。

2013年3月31日 九雨楼

别踩着他们的影子

他们的琴，有的一根弦，有的两根，甚至更多。
他们知晓时间不动，也把一草一木笼罩。
别踩着他们的影子，阿斯加，
他们刚从沙暴的旅途退下，
带着北方的肺，要在南方的树林呼吸；
他们中那个酒醇的脑袋，曾出没于山峦，
弹拨着剩余的肢体。

2013年3月31日　九雨楼

你把一滴光阴扳成了两半

我一度相信那神奇的液体，出自深山，
或者一条僻静的巷子，经一双老了的手，
慢慢酿制，且要深谙火候，
因为发酵　在一只捂好了的木桶里
而那些流逝得太快的时光，应当留给他们
他们热衷丰收，满足于颗粒归仓
让他们夜以继日，张灯结彩，车水马龙
把你刚刚出锅的酒浆装进坛子，也送到他们手上
相信因为短暂，你把一滴光阴掰成了两半

2013年3月31日　九雨楼

我追踪过老鼠的洞穴

我追踪过老鼠的洞穴，它们有两个洞口。
如果在一头打草，惊蛇便伺机从另一头逃跑；
如果把两头死死堵住，再一寸一寸将土扒开、挖走，
也不必窃喜，因为洞穴的中部，它们开辟了岔道，
那里可以藏身，还可以用作仓库，储藏明天的粮草。
我见过的老鼠如此镇定，即便把洞穴挖成沟槽，
不到最后一刻，它们也不会让半节尾巴露出，掉以轻心。
看看吧，这里什么都不曾发生！但如果由于退缩、挤压，
蜷在里边的幼鼠忽然发出了梦呓，噢，原谅它们！
它们嗷嗷待哺，还从未打开过眼睛。

2013年4月2日 九雨楼

安顿

声音有自己生长的方向，花朵和果实，
也都要遵循自身的意愿。
唯独你，一点一滴围住他，不声不响，
让他习惯挣扎，奔走于刀尖
然而在你的身上，猫的脚步和虎的长须，
这两个极端的属性，终而统一，
他会跟你醒来？若他翘首以盼，
则把种子安顿，连伤口也遗忘。

2013年4月4日 九雨楼

有一种草叫稗子

有一种草叫稗子，也叫秧虮。
它结的籽，要用来酿酒，还味道醇美。
但在我的家乡，无论稗子还是秧虮，你都不能叫，
你一开口，立刻就有人把它从稻田里拔掉。
它生长健旺，比禾苗高，
它的籽粒却比稻谷小。
可在插田的时候，你分不清它是稗子，还是禾苗。

2013年4月4日　九雨楼

祭坛

有人修桥补路，有人伐林烧山。
有人夜里狩猎，有人白天分赃。
他说爱和仇恨，住在同一个祭坛。
前面马不停蹄，后面落满尘埃。
他死于山巅，你溺水而亡。
莫非祭坛，只有一炷香的时间。

2013年4月4日　九雨楼

当你把眼睛永久合上

他们在到处寻找高地，要四面开阔，环抱在绿色中，
以备将来在天之灵得到很好的休息，
并能从这里望得更远。
他们在到处寻找石头，要刻得下他们的脚印和身影，
无论生前有多少磕碰、趔趄，
石碑上的字迹也一定要刻得端正，不能有半点歪斜。
我仿佛已看到他们不朽的轮廓，跟你现在相差无几。
但当你把眼睛永久合上，他们是否知道，
你的脸庞朝外，还是则向里边。

2013年4月6日　九雨楼

瞭望

不必试图安慰一个从战场上溃败下来的人。
对于胜利者，也不要把你的鲜花敬献。
一个站在高高的城楼，一个俯身抱着断墙，
他们各自回到营寨，都在瞭望，心系对方。

2013年4月27日　九雨楼

他们丢失已久

残渣、碎片和污染了的水，以及不再流动的空气，
你让它们融于一炉，亟待新生，重现昔日的性灵；
你也应该去探访那些还在路口徘徊的人，他们丢失
已久，
尚不知，你已把他们废弃的炉膛烧得正旺。

2013年4月8日　九雨楼

2013年的诗歌漏洞

——怀念东荡子兄

许
许

东荡子突然离世，是2013年中国诗歌的一个事故，这是一场没有肇事者的事故，如果一定要找一个，那就是不可琢磨的命运。东荡子离去，在诗歌史和朋友的心中挖了个漏洞。像极了他在人世中的个性：按照自己的频率生活，不事先告知，不管不顾，自己一个人先走了。东荡子的离去，让我对命运以及人到中年有了更残酷和直观的思索：我们活着是为了什么。人到四十，对无常的习惯与对虚无的向往，常常是同时到来的。

回忆和东荡子的相识，交往，以及最后的告别，像是一场梦中的交往。我们认识十几年，但交往中除了喝酒和谈诗歌，就无从回忆了。有点系马垂柳高楼边，相逢一笑为君饮的感觉。和东荡子交往最密集的是2003年之后的两三年，那时候浪子安石榴和东荡子都住在梅花园附近的圣地，我基本上每周会去圣地见他们，东荡子比较飘忽，不是每次都能见到，但每次如果他在的话，他必定是话题中心，不论是嗓门还是观点。东荡子有一种内在的王者之气，这是他性格所塑造的气质，在他心里，没有权威，没有不可反驳的真理，他就是权威，他就是真理。东荡子故去之后，我对他最深的记忆，还是他那标志性的胡子，嗓门，以及他的诗。

记得当年，东荡子的诗集《王冠》出版，我们在沙河顶一个有回廊的公园里喝酒吟诗，黄礼孩、世宾、浪子、我，以及广州多个诗人朋友轮流朗诵东荡子的诗，回廊的风传递着诗歌的声音，在诗与酒中刻下了永恒的记忆，那是我在广州十几年最美好的跟诗歌有关的记忆。

2008年，十一假期的时候，我带上家人去增城看望东荡子，同行的还有浪子。在增城的三天，是我相识东荡子后最长一次相处，我们在一起打牌喝酒闲聊，在增城宾馆附近的住所，东荡子还种上了各种蔬菜，悠闲的生活心态，让他有点乡绅的气度，那可能是我见过的东荡子最为宁静的时期。那几天他还身兼厨师的身份，焖猪蹄的美味至今让我们还在回忆，而东荡子似乎从不会隐藏他骄傲的个性，说：我做的猪蹄，是最好吃的。

东荡子一生的命运，正如他的名字一样，他大部分时候居无定所，但他的诗歌的指向却是坚定和永恒的：阿斯加。

东荡子，来自东荡洲的孩子，他为诗歌而生，他也因诗歌，而让49年的生命变得纯粹和丰盈。10月11日，他唱完生命最后一首歌，提前走了，没有通知所有的朋友，没有留下只言片语，他去了他诗歌王国阿斯加。朋友，一生都回不来了。

东荡子生前说，诗歌是我们心灵深处的漏洞，作为诗人，他要弥补这个漏洞。东荡子的诗，高远清澈，又缜密严实，他是真理的忠实追随者，他一生都在追问终极问题，他把爱、真诚、困惑都放在了阿斯加，而面对俗世，他始终是冲突和紧张的。东荡子的青春是颠沛流离的，生活是破碎和凌乱的，幸好，他在诗歌里展现了完整而自恰的世界，这是诗人的幸运，也是热爱东荡子的人的幸运。

东荡子是他的诗歌王国的王者，他为蚂蚁戴上王冠，为劳动者歌唱，他以构建世界的方式表达他的愤怒，展现语言的力量，他从远方而来，为远方和未来歌唱，他从马匹和大海中吸取力量，获得宁静，生命的纯粹，生活的质朴，像火焰一样燃烧着他的精神世界，从未离开过。

东荡子不是这个功利社会的成功者，但他有强大的气场和力量，感染着身边的人，他声若洪钟，在诗歌理念和价值判断上与人据理力争，毫不退让，这种理念也贯穿在他一生的写作中。他以王者的姿态，俯瞰人间，他曾经像树叶一样在高处，如今他回到了地上，即将回到泥土中。他是在海水中盗取火焰的人，但他更是卑微的伐木者，他用心灵和天赋砍伐的树木，曾经给我们带来丰沛的营养，在满目苍夷的人世中，让我们获得一丝宁静和美好。

东荡子称自己是异类，"我孤身一人，只愿如影相随，叫我异类吧，如今我走到这田地，并把你们遗弃的，重又拾起。"

东荡子走了，他再也不回来了，永远离开这个本不属于他的世界，他去了阿斯加，那里有爱，有充沛的雨水和心灵，有不喧嚣的夜，那里可以让他永世思考，不再劳顿，他终于不再成为时间的仆人，一切尘世的意义将消失，而真善美和永恒，陪伴着他。

附 录

世
宾

日常 诗性 存在者：三种诗歌的发生学

一、日常诗歌的发生机制

诗歌是表达和呈现"我"对置身其中的世界的感受
和看法。但对于业余诗人来说，诗歌只是表达和呈
现"我"对"我置身其中的世界"的感受和看法。
他们的业余是他们的"世界"仅仅是由他们周围的
人、事、物构成；"我"只是由"我"的出生、地
位、阶层和日常生活塑造出来的一个没有超越性的
人。"世界"和"我"的边界被局限在一个狭小的
范围，"我"与周围的一切就构成了一个世界；而
且他们无力突破，无法在自身形成一种超越性的机
制，历史、责任、文化的抱负和思想的深刻性让位
于现实秩序、规训和与大众沆瀣一气的个人趣味。
他们的趣味、美学和意志紧紧地拥抱着一个被日常
规范了的小心眼上，"个人化"一词在很大程度上
已经和大众融为一体了。

我们置身于一个不同于古典时期的时代，进入工业
文明之后，人与自然的关系被割裂开来，自然不再
为人提供庇护。我们曾悠然自得地生活于山水田
园之中，在土地上索取一日三餐，精神寄养和守护

着那自然中的一切幽暗的神明；而如今，机器和信息以及相关的制度把人彻底地零件化和碎片化并最终异化了。马克思清楚人是社会的产物，他所建立的共产主义学说目的是在于抵抗物质和资本对人的侵蚀。然而，我们至今还没逃脱被侵蚀和割裂的命运：人与自然的分道扬镳；肉体与精神的分道扬镳，这种种状况导致了我们成为一个非完整之物。这种命运的出现是物质、科技和相关制度快速（增长）发展的结果。这种情形西方要比东方早一百多年的历史，至晚在浪漫主义运动之后，便使欧洲进入了人的分裂的时代。机器的高速运转带来了物质快速的丰富，人在这种命运中物化成一个零件，一个生产物质和掠夺物质的工具；在很多借口下——人在行使臣民的义务和获取荣光的堂皇理由下，被裹挟进了破碎的（从诗学的角度看）命运里。这种状况东方要晚一些，并且是被迫被卷入了这种命运；而意识到这种命运到来，可能还要在更晚的时候，在民族救亡图存的急迫时期过去之后。真正意识到这个时期的到来，应该是在上世纪的70年代末。人的意识的觉醒总是要在社会的主要矛盾和次要矛盾发生转换时才能被真正意识得到，具有超越眼光的人发出的声音总会淹没在不合时宜和噪杂的喧哗里。

在这个号称后现代的时代里，各种生活方式获得了合法性，在反思的过程中，后现代的经典思想家们赋予了边缘和另类生活以意义，它们有力地消除了中心主义对人的束缚和奴役，使那些属于个人性的观念、行为成为先锋的一种范式。然而，在肯定个体和边缘权利的同时，我们也意识到这种个体与历史、深邃的思想割裂的方式、观念轻而易举地把人塑造成一个单薄的、肤浅的，随生随灭的单细胞生物体。人在惯性和制度的支持下，从一个自由的、丰富的生存状态中被退化成一个"单向度的人"。

在自然的古典时期，那些觉醒了的人，他们自由地和山川河流在一起，他们的身体和灵魂融入在自然的万物里，生于此，死于此。万物皆有灵，人同样处于万物之中，他们所有的歌唱和哀吟都应和着天地，"我口写我心"便是最高的吟唱。

人曾经是自然的造物，或者说，我们人类的文化在那些还没有与自然和神圣之物分离的时代——我们的文化还孕育在自然的母体的时代——"我"的歌唱就应和着自然的律动。在西方哲学史里有过这样一个时期，1835年，大卫•施特劳斯发表了《耶稣传》，作为唯一圭臬的黑格尔学派分裂为两派：老年黑格尔和青年黑格尔派，老年黑格尔派顽固地维护黑格尔的绝对精神体系替宗教和普鲁士专制制度辩护，他们歇斯底里地保卫着岌岌可危的旧有之物，把那些已经散发着腐朽气息的绝对神作为最后的庇护所；而青年黑格尔派则从黑格尔辩证法中得出了无神论和革命的结论。1841年费尔巴哈发表了《基督教的本质》，费尔巴哈在此书宣扬了一个震撼世界的观点：上帝不过是人的内在本质的向外投射，说白了上帝就是人。当时马克思是费尔巴哈的狂热呼应者，他在1842年完成了《黑格尔法哲学》，他认为哲学家不能从上帝的实在来解释现实，因为历史的发展不是上帝的逐渐实现自我的过程，也不是绝对精神的复归过程。他宣告："在真理的彼岸消失之后，历史的任务就是确立此岸的真理"。如果说在此之前，人是自然和神的产物，那么，在马克思之后，人就是社会的产物。至少在这一刻，我们开始清晰地意识到自身的存在和真实的历史。这时，我们发现人类的社会已经四分五裂了，各个阶层以及以后的每个个体都在以自我的绝对化投射到社会的运动和自我的生存上来。

在我们时代，自我的绝对化已成为一种无可置疑的权利，但，"我"是谁？"我"的去路在哪里？这些问题却没有什么人愿意去过问。人们已习惯自然而然的生活，并已经把自己的情感、态度和姿态定格为一尊耸立在广场中央的雕塑，并在各自嘈杂的喧哗中遗忘了倾听。在貌似热闹非凡的喧哗中，没有人能溢出制度、教育、媒体所规范和描述的范围，历史（时间）的维度在日常生活的空缺使人成为非完整之物。在物质快速增长和机构割据的零碎化时代，人如何重新显现？我们应该清楚，人不仅是社会的产物，也必须是历史的产物；只有在历史和现实社会中，人才能从工具化和机构化中拯救出自己，使个人不会成为"机构人"、"单面化的人"；把人类在时间和历史中的生存经验和漫长的自我完善的渴求纳入个人成长的土壤中，才能葆有一个完整的灵魂。在没有自我完善，在没有建立起丰富性的个人之前，"我"是无法发言的。艾略特在《传统与个人才能》一文中提到一个人在25岁之后还能够写诗，就必须与历史建立某种联系的论断，就是基于这样的道理。

但我们都要在"业余"的状态下开始写作，都要在"我"还处于朦胧甚至狭隘的状态下开始写作。当我们与外部世界产生关系的时候，我们便有了感受，写作也就开始有了可能。在社会生活中，随着制度、教育、阶层对自我的塑造，自我的认同度越来越高，对大多数人来说，会在这个过程中，把自己浓缩成世界的中心，"我的世界，就是以自我为中心"。因此，各种各样的角色性写作便展开了它在后现代背景下的狂飙式写作。自上世纪80年代中期，这种自我的写作成为中国现代汉诗的主流写作。无论怎样的个人都在"解放"和"自由"的旗帜下获得了宣泄和表达的权利。在威权和革命现实主义一统天下的时代，这种写作无疑极大地解放了诗歌的生产力，也极大地释放出思想的力量，使语言和思想产生有机的结合，使当代诗歌从没有血肉的官方话语里突围出来，获得了与当下现实相联系的新鲜语言。在反思百年现代汉诗实践经验，我认为"我们的诗歌基本已完成了语言的学徒期，我们终于能使用语言来表达我们所置身其中的世界所给予我们的所感、所受。这是一个不小的成就。我们曾在传统习惯的束缚和恐惧的逼迫下，无法认清世界的变化，无法真实地体验其置身其中的世界；我们曾把变化了的工业城市当成一千多年前的唐宋山水；我们曾把个人的一切诉求迷失在集体的丛林中。但今天，我们终于能各个角度真实或逼近真实地观察和体验我们生存的世界，我们终于能自由地，至少在写作意义上自由地说出我们在这世界上活着的困境、不幸和因我们的勇敢所没有被遗忘的喜悦。①"

然而，"我"的问题在大多数诗人那里并没有得到很好的解决，"我"在历史意识缺位的环境下，"我"在家庭、机构、阶层和某些群体建立起来的世界里成为了它们的规范物。大量的诗人就是以这种被规范的角色在写作；这种被规范的写作也先天地决定了它必然和日常平行，它只能作为生活的映像出现在文学里。没有超越性的诗歌写作在80年代具有革命性的意义，但90年代之后，由于整个社会转型进入物质和商业的快速发展，时代在给欲望和个人提供狂欢的场所的同时，也强有力地取消了所有欲望和个人诉求的革命性和先锋性。在政治斗争不再统治个人的日常生活，欲望化和个人化写作便与日常的庸常性构成了同谋。在中国现有社会生态下，日常写作恰恰是对生命的美好和制度所导致的束缚性的无视；在一定程度上，它构成了阿多诺所说的"野蛮"。因为它在一定程度上规避了真正的社会矛盾，而没有在文化上和丰富人精神的复杂性上有新的建构，它无关痛痒的抒情让利益集团和哀

① 世宾：《诗歌的转身——第三代诗歌运动的缺失、影响及未来诗歌的方向》，《艺术广角》2013年第6期。

怜者被遗忘在批判和抚慰的无人区。

不必过分责难日常写作，但写作停留在日常上面，这也构成自我超越的一个重大的障碍，许多人的一生就在这里停滞。客观地说，每一个写作者一开始都是从这里出发的，眼睛就是从这里打开的，他们爱一个人，在意一件事，他们批判和歌唱，就这样以日常的身份开始了写作。但能否走得更远，能否真的睁开眼睛，来到一片开阔地，这需要真诚、勇气、责任和来自上天的某种天赋。从伟大的诗学来说，写作并不是娱乐或者宣泄，也不是自我的抚摸和自我的哀怜，写作至少必须具有超越性的精神，必须去建构一个能够看到人更美好地生活和更加有尊严、更加宽阔的生存世界；如果可能，还必须具有重建我们人类文明，提供新的思想、文化的努力，它能直接把人类的生存提高到或者开拓出一个新的境界。这就要求诗歌不能止步于个人的欲望、趣味、诉求和情感里面，而必须在一个更宽阔的地方扎下我们的根。"大其心"而怀天下，这是从日常写作突围的唯一道路。

二、诗性诗歌的发生机制

在诺贝尔的遗嘱中提到奖给文学的是"在文学界做出具有理想倾向的最佳作品的人"，理想倾向是怎样的东西呢？那就是在政治、伦理、个人欲望和诉求把持的现实之外，有我们人类渴望或者还没意识到的生存价值，我们赋予孜孜以求的热情的梦想在诗歌中的实践；就目前来说，就是一个多世纪以来在人类社会生活中奋不顾身追求的那些普适性价值，以及各民族具有鲜活意义的文化在诗歌中的实践和贯彻。诗性诗歌就是以人类文明的思想价值作为精神资源，并以此面对置身其中的社会和生活，通过批判和歌唱，在诗歌中重建一个富有勇气的、有尊严的世界。

在伟大的诗歌历史中，我们有过两个时期，第一个时期是在地理大发现和工业文明之前，由于人类的脚步和探幽入微的显微镜还没有把世界切割成丝丝缕缕，客观世界还保持着它的神秘和完整性，这个时期，诗歌的主要任务是命名客观世界和宏大的历史事件，这个时期是史诗和纯诗的时代；在中国，是古诗和辞赋的时代。第二个时期是世界的完整性分崩离析而启蒙运动又提供了思想资源之后，诗歌的任务开始转向人类的精神的内部，开始命名精神世界的山山水水。如果说工业文明之前的诗意在历史的生活和自然的山川里，那么在地理大发现之后，诗意就在人的精神世界里了，而且那些难度、强度越大的思想探索，它们打开的世界或者说诗歌与现实之间开拓的空间越大，诗意就越强。

华莱士·史蒂文斯在其论文《高尚骑士和词语的声音》中，宣称诗歌的高尚之处正在于诗歌"是来自内部的暴力，保护我们抗拒外部的暴力。"为什么要降低那种与日常重叠的、作为日常映像的诗歌写作的意义？在80年代中期之后，中国诗歌的写作主流和风头无疑被日常诗歌写作占领了，它们在二十多年的时间里享受了社会学和胜利大众的赞美和掌声。但这种诗歌在今日实际就是俄罗斯诗人曼德拉斯塔姆所批判的"现成意义的承办商"，是爱尔兰诗人希尼所指的"说理诗和叙事诗的虚张声势的叙述者"；事实上也是于现实诉求合谋的救亡诗、革命诗、田头诗的延续，只是现实的矛盾转移了，他们找到了新的话语。他们在想象的政治活动中自以为是地扮演着反对派的角色，安全地融入了公众消费的娱乐中。他们在浑水摸鱼的叫嚷声中，偶尔放一声冷枪，但保证不击中要害，既享用反抗者的荣誉，又保证绝对的安全；更多的情况是，他们和人了公众的喧嚷声中，与公众找到了同一调子，并却常常像摸透了观者的脾性的小丑，来一下滑稽的声调，博取一片会意的掌声。公众的趣味、利益集团的命令和那些乔装打扮的恐惧对于诗歌无疑都是外在的暴力，而诗歌对抗外在暴力的方式并不是去扮演反抗者的角色，而是像哈维尔所说的"它是一种精神状态，而非一种世界状态"；它有自身的韵律和节奏，它有自身的愉悦和智慧，它把这一切统一在自己的世界里，形成自己的规律和挑战。内在的暴力正是诗歌借助自我的历史意识，不受外部干预和诱惑地进行自我的探索。

并不是说诗歌必须和现实割裂开来，事实上，诗歌就诞生于现实的土壤，它的根深深地扎在这块土地上；但不是表皮上，是泥土、岩石，是悬崖、峭壁，是水源充沛的地下河。现实在这里越过了时尚、潮流，也越过了政治要求的管辖和伦理的藩篱，在一个更远的地方，形成了一个应允性而非强制性的世界。这个世界从未建立一套制度，也没有非如此不可的准则；有千万条幽暗的小道通向这里，它默不作声地许诺过那些在孜孜不倦探索的诗人们，"劳作正在以不损伤身体来取悦灵魂的地方开花或跳舞"（叶芝语）。它不是现成的，它只是某些可能性的提示，并不断——像一条不断蜿蜒的柔软的绳索让我们转入其中。希尼在《舌头的管辖》一文就描述过诗歌的任务，他说：

艺术（诗歌）不是对某种规定好的高高在上的体系的低级反映，而是脚踏实地地反复对它进行实践；艺术不是遵循一张把某种更好的现实示范出来的现成地图，而是凭知觉即兴创作这一现实的素描。[1]

①［爱尔兰］西默斯·希尼：《舌头的管辖》（黄灿然译），《希尼诗文集》，北京：作家出版社2001年版，第236页。

但在现实的层面，诗人并不是不作为，他们是以不作为而为之；他们时时以不合作的姿态来对抗沉瀣一气的公众期待，以及蔑视政治的威力。在不合作的姿态下，自由和诗神引领的智慧在增长，就像我们一生都在追求成功，但，是失败拯救了我们，在一种孤独的行进中，诗歌对精神的认识和语言的力量会在出乎意料的地方扩展和准确化。在现实中，有准备的抵抗的确能保证在转入即兴世界的有效性和准确度，它有力地克服了摇摆和点到为止的权宜之计，使诗歌的箭头越过现实的障碍，指向了更深远的存在。西蒙娜·薇依在她的著作《重负与神恩》显示了某种不屈服于重力的力量，以消解、平衡和纠正的意志来促使现实的天平至少在精神上保持一种超验性的平衡。她用和她一样坚毅性格相对应的简洁语言说道：

如果我们知道社会在何种情况下失去平衡，我们必须尽我们所能地往秤盘较轻的一边增加重量……我们必须形成一种均衡的概念，并始终准备如同寻找公平那样改变两端，而公平则是"征服者们的阵营里的逃亡者"。①

在这里，薇依和希尼提供了诗性诗歌的两个维度，一是"征服者的阵营里的逃亡者"；一是"创造即兴的非秩序现实的素描"。

"征服者的阵营里的逃亡者"意味着对被征服者把持的现实的批判和反抗，在权势的胜利的欢呼中抽身出来，在幽暗和被遗弃的地方发出抵抗的声音；它的目的不是再一次占山为王，而是显示被遗忘的角落的存在。这是"见证者"（威尔弗雷德·欧文②）微弱的喘息，也是小草巨大的吼声，是平静大海蕴藏的力量；在无可逃避的现实重压之下，不可磨灭的良知和孩童般的真诚使"见证者"的感知始终在由谎言和恐惧支撑的生存状态下，保持着奥西普·曼杰施塔姆所说的"正确的感觉"；这种感

① [法国] 西蒙娜·薇依：《重负与神恩》，杜小真、顾嘉琛译，北京：中国人民大学出版2003版。
② 英国年轻诗人，1918年死于战斗前线。

觉深埋在人类文明的血脉里，被纯真而热切的心灵感知着；这些心灵深切地体验到在黑幕般巨大的现实之外，存在着不屈不挠的挣扎和从生命底部发出的爱的呼唤。这个维度的写作，就是始终对现实保持敏锐的体验和富有勇气的参与，但也始终与现实保持审慎的距离，就像一个站立在耸起的高地上俯览着周围起伏的大地的人，或者一个从喧哗的人群中抽身出来的孤独的背影。他们与现实、与置身其中的世界血脉相连，又不被现实的洪流席卷而去。"征服者的阵营里的逃亡者"所关注的不仅仅是现实世界的被伤害者和溃败者，更重要的是保存和呈现在现实的合唱中被遗失的声音和被忽略了的角落。

在现代汉语诗歌写作近百年历史中，有意识作为见证的写作在郑小琼这里得到强化性的体现。她出生在四川南充一个贫困的农民家庭，2001年3月中专毕业后就到东莞打工，她在塑料厂、五金厂、家具厂干过流水线，当过仓库管理员，打孔机曾经掀掉她的指甲盖；工厂的现场成了她的思想和词语的发源地。一直以来，她把工厂的流水线作为文学根据地，她个人的痛苦、欢欣都紧紧地与流水线的生活——血泪和梦想——结合在一起。在她刚刚获得文学的荣誉时，有机会离开生产的第一线，但她拒绝了，她说：

写这些东西，作为一个亲历者比作为一个旁观者的感受会更真实，机器砸在自己的手中与砸在别人的手中感觉是不一样的，自己在煤矿底层与作家们在井上想象是不一样的，前者会更疼痛一点，感觉会深刻得多。

这是一个觉醒了的诗人作为牺牲和历史命运的担当者把自己投入到炼狱之中，她用自身的煎熬来见证城市发展和工业的暴力在一代人身上打下的烙印。
这不是英雄主义的进行曲，也不是城市建设凯旋的
大合唱，这是大工业生产那轰鸣声中赢弱的尖叫，
是物质狂欢中坚定的提醒，是一个瘦弱的身躯投身
于洪流对席卷而去的野蛮发出的警告。她以肉身和
个人的生活作为代价，揭露并见证了欣欣向荣的物
质建设中苦难、不平、屈辱、伤害和种种暴力的存
在。在她的《流水线》一诗中写道：

在流动的人与流动的产品间穿行着
她们是鱼，不分昼夜地拉动着
订单、利润、GDP、青春、眺望、美梦
拉动着工业时代的繁荣
流水线的响声中，从此她们更为孤单地活着
她们，或他们，互相流动，却彼此陌生
在水中，她们的生活不断呛水，剩下手中的螺纹、
塑料片
铁钉、胶水、咳嗽的肺、辛劳的躯体，在打工的河
流中
流动……在它小小的流动间
我看见流动的命运
在南方的城市低头写下工业时代的绝句或者乐府

这"绝句"和"乐府"是杜鹃的泣血，是断指的哀
号，是尘肺的呻吟，是消逝的青春、无望的生活；
是灯红酒绿的阴影，是繁荣城市的垃圾场，是推
动经济指标的血和泪；这是鲜花底下的肥料，是光
鲜肌肤下的脓疮。这是那些唱着时代颂歌的野蛮歌
手所无法看见的，他们的眼睛和嘴巴已经被利益和
自己的怯懦蒙上、堵上了；他们先于这个泥沙俱下
的时代埋葬在自己苍白的词语底下了。而郑小琼活
着，她就活在她那疼痛的、带血的语言中。

但没有必要把她的真诚和勇气误以为是战士或者马克思的掘墓人的行径。在见证的诗学里，有愤怒和泪水，但支撑它的，是良知，是爱，是柔软的、由外部转入内心的建设；它抵御的是外部胜利的凯歌和胜利的冷漠对人性的摧毁和对疼痛、苦难的生命存在的无视；它在胜利的废墟上要建立的是一根预防人性的和不被利益遗忘和摧毁的支柱。这些在机器和经济碾压下出来的语言，不是革命者怒吼的诗篇，不是反抗者枪口射出的子弹，它要唤起的不是在现实层面的推倒重来，而是在制度和时代弥漫的野蛮遗忘中，保存着苦难的记忆和人性、良知的在场。也只有人性和良知的在场，诗歌和文学才有能力对发生的生活产生见证的功能。这种功能所起的作用，不是医生的药方，也不是改良的方案，它是在单一的现实之外，增加一维，让被遮蔽的敞露出来，让忽视和遗忘获得记忆。

文学在作为见证的艺术方面在西方有着伟大的传统，威尔弗雷德·欧文、契诃夫，我还常常想起亚历山大·索尔仁尼琴的《古拉格群岛》。这一传统，在人类遭受苦难袭击的时刻，在陷于无法挣脱的制度性生活时，它作为人类良知的象征在这些时刻的出场便显得十分必要。他们通过苦难的见证，显示了人类的良知、爱和勇气的存在；在可鄙的生活中，在重重的黑幕里，保存着些微希望的亮光。

"创作即兴的非秩序现实的素描"语出爱尔兰诗人西默斯·希尼，按他的描述，既是在欧文、契诃夫，或者就是郑小琼那种用诗人的真诚和勇气在现实的废墟上抢救出Z·赫伯特说的"正义"和"真理"两个词之外，还存在着的类似曼杰施塔姆对恐惧和政治命令的蔑视，在死亡的威胁中唱着天真之歌；这歌的责任就是无论在什么情况下都保存着"真之美"的信心，就是再次倡议济慈的美即是真的主张。① 但何谓真这里对诗人提出重大的拷问，它依然还是约翰·济慈19世纪初的自然和夜莺吗？西奥多·阿多诺在1955年出版的《棱镜》中提出的"奥斯维辛之后诗歌是野蛮的"的命题是否依然成立？他对于在遭受劫难的人类生活面前依然唱着颂歌的批判是否另有深意呢？也许，曼杰施塔姆为了"诗人坚定的发言"而付出的牺牲可以证明诗人对语言的忠诚在这世界具有合法性，他们忠实了自己的内心而坚守了人性的纯净，而不是对现实的无视。希尼在《尼禄、契诃夫的白兰地与来访者》中提到曼杰施塔姆所继承的变动不居的世界一面，如何在区别于济慈的时代的变化中达到道德与艺术自尊的平衡：

他碰巧没有表达任何反共的感情；但是，因为他不愿如苏联政府所要求的那样改变自己的音调，他就代表了对暴政的一种威胁，他便必须死。所以他代表了诗歌自身的效力，作为举足轻重的声波的诗人象征；当你想到可以使玻璃破裂的女高音，你便可以想象，纯粹的艺术化的死亡也能使极权社会中官方捏造的真理出现裂痕。②

在死亡的威胁中，诗人坚守着古老的诗歌律令，他像远古的祭司行使了上天的旨意，作为"时代喧嚣的回响"在狂风暴雨中召唤着神迹的出现。这神迹是在劫难般的社会环境中不被扭曲的人性、爱和尊严。他与风雨的对抗的形象是在对风雨的无视、蔑视中凸现出来的。在与那隐秘的声音隔绝的时代，由于他那柔弱而哆嗦的身影的存在，就得以保存了与远方与本真再次联系的纽带。曼杰施塔姆《岁月》一诗正是道出了一种不灭的渴求在粉碎一切的岁月里，在血液喷涌的"野兽"体内保存的可能。

我的岁月，我的野兽，谁能

① [爱尔兰]西默斯·希尼：《尼禄、契诃夫的白兰地与来访者》（马永波译），《希尼诗文集》，北京：作家出版社2001年版，第230页。
② 同上。

调查你眼睛的瞳孔

并将两个世纪的椎骨结合在一起

以他们自己的血气？

体内高升的血正喷涌而出

从现世的一切咽喉；

这个寄生虫仅仅在

新的一天的门槛上颤抖。

这个畜生，只要它还余有足够的命数

就一定要背着自己的脊梁直到最后；

且有一个波形游走在

一根看不见的脊骨之上。

再一次，生命的顶点

像羔羊一样做了牺牲，宛如一个孩童的柔软的

肋骨——

地球的婴儿时代。

为了从囚禁之中夺回生命

并开创新的天地，

打结的日子的外表

必须由一支笛子的歌连在一起。

是岁月在卷起波浪

用人类的苦难；

是草中的一条蝰蛇在呼吸

岁月的金色的尺度。而那花蕾还会长大，

葱绿的胚芽也还会萌芽。

但我美丽的，可怜的岁月啊，

你的脊骨已被打碎。

当你回首，是那么残忍而脆弱，

带着一个空泛的微笑，

像一只曾经温柔的野兽，

在自己留下的蹄印一边。

（阿九 译）

在食指写出"相信未来"，北岛写出"我不相

信"，中国现代诗歌开始挣脱现实的规范，开始自觉地从"时代的喧嚣"里寻找和辨别本真的回响。这回响是曾经被湮灭了的对人性深刻的认识、体察和对美好、尊严、爱以及自由的渴望。在此之前，中国现代汉诗还没自觉担当和使用诗歌的这种义务和功能。在"五四"胡适、徐志摩、戴望舒等人身上，他们通过古典诗词和学习西方的现代主义、浪漫主义诗歌，用白话文小心翼翼地、摸索着写点意境优美的小诗；它们只是用白话文写作的新诗，而还不是真正意义上的具有现代性的现代诗。① 喧哗的社会变革在他们固有的文化中还找不到对应的语境。而后的民族救亡和建国后的宣传，使这个民族的诗歌沦陷于一种急迫的现实需求和政治捧场。在个体意识无法独立的时候，无论诗人拥有多么渊博的知识，诗歌既无法担当见证的责任，也无法从现实抽身出来，去聆听本真的回响。

在前苏联，在东欧，在西方，诗歌被赋予了见证的使命，而中国，由于入世文化的单一性，这种使命永久地遗失在艺术的世界里。这是在不同的文化中，宗教在现实担当的不同功能所决定的：无论是基督教、天主教还是东正教都在现世有着救赎和普世的冲动，虽然政教分离也正是政教分离，他们对现实深刻地、义无反顾地有着行使纠偏、修复的信念和责任。而中国的宗教，无论是佛家的，还是道家的，都是以出世的姿态存在着②，个人的修身和来世的救赎使他们放弃了对现实的干预；儒家的入世也没有产生像基督教一样对现实行使纠偏的能力，儒家政教合一的冲动使他们陷入政治生活的泥淖中，而无法在现实秩序之外，给现实秩序所规范的精神留出一条缝隙，腾出一个空间；精神空间的单一化和平面化使诗歌无法在地面和天空之间找到一个平衡点或者说观察和干预的支点。见证和本真的回响在中国诗歌成为无法探询的黑洞。

① [英国]安东尼·吉登斯：《现代性的后果》，田禾译，南京：译林出版社，第9—10页。现代性建立在包括马克思、涂尔干和韦伯等人的理论传统认识上面，他们在解释现代性的性质时都倾向于注意某种单一的驾驭社会巨变的动力，或者马克思的资本主义，或者圣西门传统影响下的涂尔干的工业主义，或者韦伯的"合理资本主义"。现代性在诗歌美学里面意味着冲突、扭曲、异化，以及对其社会状况和生命状况的警惕、纠偏和修复。

② 虽然钱穆先生认为道家也是有入世精神的（见《学习中华传统文化必读的九本书》一文），但当道家演变为道教并作用于中华文化时，它已经有着强烈的出世色彩了。

不是说"兼爱"、"仁"不是人道精神或者有价值、有活力的文化，而是说，必须在人道精神、民主、自由等等作为西方文化被引入中国之后，在类似西方政教分离的情况下，在知识分子阶层扎根并作为异类和警惕的对象在与现实政治、伦理不同诉求的抵牾摩擦下，中国现实与新的文化诉求才开始在中国人的精神生活里撕开了一个空间。这个空间也就是诗的空间；这个空间使诗性诗歌在中国的土地上得以实现。

在西方，启蒙运动之后，知识分子在古希腊文明引领的世俗文化和基督教的宗教文化这个母体中又形成政教之外的第三种力量，他们保证了西方精神生态的丰富性。而中国，知识分子观念和社会身份的确认从西方借用过来之后，它时常受到政治利益的诱惑和儒家齐家治国平天下的蛊惑。在中国的知识分子的潜意识里，依然存在着强大的把知识——包括人文知识转换成政治的话筒和权杖的冲动。知识分子与政治的结盟就必然会导致在个人或国家层面把精神压缩成一个平面；这一刻的到来，野蛮的暴力又会通行无阻。

然而，毕竟中国知识分子阶层作为权力政治文化的另类，赢弱而又逐渐地建立起来，它们作为社会的警惕面和异端的对象在现实的夹缝中学习行使自己的责任。"朦胧诗"是在中国新诗潮流中真正确立诗歌现代意识的开始，它们既置身于现实遭受蹂躏和摧残的环境里，又担当着对美好、自由的生命可能的追求和探询的责任，他们通过诗歌把我们的疼痛、遭受的苦难和对美好的渴望呈现了出来。21世纪初形成的"完整性写作"理念是这一传统的发扬，他们重新从自贱和消费主义的个人写作的潮流中探索人与变动中的世界和历史的关系。

三、存在者诗歌的发生机制

如果上面两种诗歌是在探询作为文学的诗歌的发生机制，那么，在这一节中，我们将努力考察诗歌在作为海德格尔所称谓的"诗"在当下的可能性和发生的机制。海德格尔对"诗人"一词的使用是有极其严格的规定性，他说：

诗人的特性就是对现实熟视无睹。诗人无所作为，而只是梦想而已。他们所做的就是耽于想象。仅有想象被制作出来。①

同时，他对于诗歌滑向文学的命运不无抱着一种灰暗、无奈的心态。他说：

我们今天的栖居也由于劳作而备受折磨，由于趋功逐利而不得安宁，由于娱乐和消遣活动而迷迷惑惑。而如果说在今天的栖居中，人们也还为诗意留下了空间，省下了一些时间的话，那么，顶多也就是从事某种文艺性的活动，或者书面文艺，或者音视文艺。诗歌或者被当作玩物丧志的矫情和不着边际的空想而遭否弃，被当作遁世的梦幻而遭否定；或者，人们就把诗看作文学的一部分。文学的功效是按当下的现实性之尺度而被估价的。现实本身由形成公共文明意见的组织所制作和控制。②

海德格尔的意思是作诗作为诗意的制作和筑造，它是为人提供栖居的，而栖居是以诗意为基础的，具有永恒性的意义。而在当今，诗歌作为文学的一部分，它是指向当下的，因为人们已离不开现实，人们就生活在"历史性的和社会性的人"的集体当中。而由于现实所遭受的困境，今天的现实栖居已不能称为诗意地栖居。在海德格尔的定义中，诗人作为诗意栖居（诗）的筑造者，他们必须是这样一

① 海德格尔《……人诗意地栖居……》（孙周兴译），《海德格尔选集》，上海：上海三联书店1996年版，第464页。
② 同上，第463-464页。

些人：他们必须是神圣的经验者。神圣是终有一死的人在天地之间对存在（本质性生存，既是诸神遁走之后，由于上帝的缺席，世界便失去了它赖以建立的基础；由于基础的丧失，世界时代就悬于深渊中；也就是荷尔德林和海德格尔从历史经验描述的贫困时代。[①]）的体验，必须是这些体验着神圣的诗人通过对远逝诸神踪迹的寻觅，才能在天穹重获神性的照耀。这种寻觅必须先抵达"深渊"，才能在那里得到暗示和指引，但贫困时代，抵达"深渊"的能力已经消失殆尽了。

作为终有一死者，诗人庄严地吟唱着酒神，追踪着远逝的诸神的踪迹，盘桓在诸神的踪迹里，从而为其终有一死的同类追寻那通达转向的道路。[②]

而现实，总隐藏着太多的假象和不着边际的短暂性的意愿，我们所经历的"现实"与本质性的世界显然是处在两个不同的层面上。所以今天我们所使用的"诗人"一词和海德格尔在诗学中使用的"诗人"一词是有区别的。真正的诗人——诗人中的诗人——必须置身于本质性的世界里，也就是海德格尔所说的世界时代的深渊；是深刻理解不妙之为何不妙的人。

不妙之为不妙引我们追踪美妙事情。美妙事情召唤着招呼神圣。神圣联结着神性。神性将神引近。[③]

通过海德格尔的论述，我们确信存在着一种能抵达存在的诗歌，纵使在贫困的时代，荷尔德林和里尔克通过对神迹和天使的追寻，他们抵达了时代本质性的生存——海德格尔所说的"深渊"，并且通过语言建造了一个人、神、语言三位一体的世界——人诗意地栖居。但在本文中，我愿意更谨慎地使用存在一词。它不是古希腊巨人们最普遍最空洞最确

① 参见海德格尔的《诗人何为？》一文，在开篇中他描述过这种"深渊"的情形："上帝之缺席意味着，不再有上帝显明确定地把人和物聚集在它周围，并且由于这种聚集，把世界历史和人在其中的栖留嵌合为一体。但在上帝缺席这回事情上还预示着更为恶劣的东西。不光诸神和上帝逃遁了，而且神性之光辉也已经在世界历史中黯然熄灭。世界黑夜的时代是贫困的时代，因为它一味地变得更加贫困。它已经变得如此贫困，以至于它不再能察觉到上帝之缺席本身了。"

② 海德格尔：《诗人何为？》，《海德格尔选集》，上海：上海三联书店1996年版，第410页。

③ 同上，第461页。

切无疑不需要下任何定义又人人皆知的概念①；也不是克尔凯郭尔和雅斯贝尔斯的基督教存在主义；也不是海德格尔大地与天空脱节的神遁世之后的无神论的存在世界；甚至也不是萨特被绝望和荒谬包裹的世界。在本文中存在和完整性②一样，并不是一个自然而然的东西，在这里，它事实上是一种渴求的描述，它是一种祈求，一个远方的许诺，一束在某些瞬间照临我们身体的光，并且恒久地盘桓在我们的心头、引领我们朝向它勇敢地生活；它是建立在现代反思性基础之上的对生命可能和社会生活形态的追问和塑造。我们所处的世纪，是一个建立在物质产品生产基础上的社会体系向主要地与信息相关的社会体系转变的时代，由欲望消费所主导的社会生产所导致的物质和信息过剩以及这种生产所挟带而来的污染和阴影的现实与人类过去对大地、天空、安详的劳作构成的宁静、美好生活的想象分道扬镳了。这种撕裂性的错位，一方面构成了时代的疼痛，一方面为诗歌的运思打开了一个宽阔的空间。

已不再有天人合一的人了，每个人精神和自我定位都是由不同的身体、教育、阶层、情绪、兴趣和观念塑造和构成。任何对存在的描述都无法笼罩所有的个体世界。我们正置身于一个复杂的、充满不确定因素的世界。正如埃德加·莫兰在他的《伦理》中文版序言所说的"我们的常识认为良好的意愿足以证明我们的行动的道德性。然而我们忽视了，行动一旦开始就会发生新的关系，甚至走向意愿的反面。"他举例说：1936年同盟军同时面临与希特勒纳粹主义和斯大林共产主义的"两线作战"。需要进行优先性选择，而这就必然减弱对其中一个威胁的战斗力。"那些为打败希特勒做出贡献的人也为斯大林集权主义的胜利做出了贡献。"这就是我们面临的困境，因此，我们必须引入一种莫兰所称谓

① 海德格尔：《存在与时间（导论，1927年）》，《海德格尔选集》，上海：上海三联书店1996年版，第28页。海德格尔说："希腊人对存在的最初阐释，逐渐形成了一个教条，它宣称追问存在的意义是多余的，而且还认可了对这个问题的耽搁。……于是，那个始终使古代哲学思想不得安宁的晦蔽物竟变成了具有昭如白日的自明性的东西，乃至于谁要是仍然追问存在的意义，就会被指责为在方法上有所失误。"

② 参见拙著：《梦想及其通知的世界》，北京：中国戏剧出版社2009年版。

的"复杂性伦理"来对待这个萨特称谓的"绝望的"人类处境。在这样的时代，有谁能抵达存在呢？谁的存在？怎样的存在？

对于这个时代的诗人来说，抵达存在依然必须经由神圣，即是海德格尔所描述的深渊，必须深切理解我们时代的不妙，从这不妙之处发出批判和呐喊的声音。怎么照见我们时代的不妙生存处境呢？我们的文明存在着大量的问题，就像西方一直向全世界灌输的历史进步论，它事实上隐藏着极大的社会危机和精神危机；我们应该清晰地意识到"我们不仅处于一个不确定的时代，而且是处在一个危险的时期。"（莫兰语）按莫兰的分析，四个在推动世界现代化的动力引擎——科学、技术、经济和赢利，每一个都带有自身根本性的伦理缺陷，他说：科学排除了一切价值判断及科学工作者的良知，它患有盲症，看不到自己是什么，自己在做什么，自己能变成什么，自己可能或应该成为什么；技术是纯粹工具性，无眼界却傲慢地凌驾于精神之上；经济用冰冷的计算将人心灵世界打入冷宫；赢利则毒害了所有领域，包括教育、生物及基因领域。出于同样的原因，科学家在实验室中获得的权力被完全剥夺，集中在企业和强权国家的手中。①

①见埃德加·莫兰即将在三联书店出版的《伦理》一书的中文版序言。这序言由莫兰和翻译者、人类学家于硕博士历经四年，根据于硕三次与埃德加·莫兰的对话采访录音翻译整理完成，由他们两人共同署名。感谢称于硕为姐姐的诗人浪子提供给我的还未出版的序言资料。

意识到我们生活的世界的危机，就是意识到我们的不妙。在这不妙的世界里，诗人不能沉溺于世界的腐败，诗人有责任为同样总有一死的同伴寻找一个转机。就像莫兰所说的，我们必须为善赌一把，在绝境处披荆斩棘寻找一条出路。

我们还很难描述一个新的存在的世界的模样，但在反思性的对现代的文明价值进行重估和创造性的使用，结合东西方传统的智慧，重建一个富有诗意的存在世界并不是绝对的幻想；并且，诗人的责职就是"耽于想象，并把想象创造出来。"

由于现在我们还无法像荷尔德林和里尔克一样描述一个隐约有神的存在世界，我们只是在人的世界寻找一个自由的、有尊严的自在的世界；我们把这无视（藐视）于现实糟糕的现状，自觉地寻找一个人能置身其中又越发宽阔的自在世界的诗歌，称为存在者诗歌。这诗歌达到了（自在）世界、语言、人三位一体。

自里尔克之后，自觉建构一个从时代深渊升起的自在世界的诗人已经不多了，由于现代性危机的迫切要求，许多诗人投入了针对现实并从现实中打捞出诗性的工作。但在里尔克的诗歌经验里，诗人做这样的工作仿佛还是不够的。他在年轻时早已写下了大量堪称精品的诗歌，放在整个世界的现代诗领域进行考察，也称得上是杰出的。《豹》、《秋日》都是那么深刻地具有象征人类的困境和勇气的诗篇。但由于过度的人间气息，在完成了《杜依诺哀歌》和《献给俄尔普斯的十四行》之后晚期的里尔克彻底地否定了早期的这一批作品，他创造了一个与天使同一序列的存在世界。然而，历史一再地证明诸神和天使居住的天空并不能收留我们易朽的肉身，我们必须在人间开辟一个天地，它既有神圣的踪迹，不至于由于神圣的缺席而彻底沦为庸常的场所，又具有从人间的黑暗和疼痛的深渊中飞扬起来的生命状态，而不至于被沉重的肉身压得喘不过气来。我们可以把这种写作称为存在者的写作。他们背负着沉重的肉身，但他们拒绝被任何秩序裹挟着成为随波逐流的分子；他们清楚地意识到个体生命在时间、历史和文化中的意义和可能；他们勇敢地担当了易朽者不屈不挠的命运，他们通过自身的践行，在当下的生命里保持着一种神圣性的体验。

由于过度的人世文化对中国诗人的主宰，肉身和日常成了中国诗歌的狂欢场；那种撤离生活的现场，在生命的高处坚毅的歌唱被视为可有可无的游戏。但在东荡子那里，诗歌是一个动词，是一种类似于大海捞针的有难度的写作。他的难度在于"它一直在帮助人类不断认识并消除自身的黑暗，它是人类心灵防范于未然的建设"；它指向的是生命的可能和人类的未来。即是说，诗人就像人类的先行者或者开拓者，他们不沉溺和屈服于日常和秩序，他们披荆斩棘，用生命和智慧以及全部的真诚去开拓有未来意义的人类生存之路。东荡子接着说："它向着未来，向着美和灵魂的倾诉，向着健康、愉悦和光明。"① 这也是存在者诗歌要抵达的地方。东荡子生前坚守着这样的理念写作和生活，但他往往得到的是误解和叵测的嘲讽；现实的怯懦和无法挣脱的秩序已把人带入听天由命的泥潭，而对于怀抱着梦想的坚毅内心却常常被当作异端遭受诋毁。

我们清楚，我们所处的时代和我们置身其中的生活充满着痛苦、无奈：现代文明在生产巨大的物质同时，也在生产同样巨大的社会问题和精神问题；自由的缺乏又不断地加剧困境的强度；黑暗无处不在；恶以伪善的面貌支配着时代的运作，或者说推动现代化的动力也裹挟着恶的力量作用于我们的世界。我们正面临着重大的"不妙"的处境。东荡子深切地体验到我们置身其中的处境，但他不是像那些把诗歌的关注点落到现实的诗人那样，热衷于条缕的分析或者切片的考察，他在象征的层面总体概括我们时代的特征和人类的命运：

① 参见《诗歌是一个动词——东荡子访谈》，《艺术大街》2013年12月11日。

他们看见了黄昏在收拢翅膀
他们也看见自己坠入黑洞
仿佛脚步停在了脸上
他们看见万物在沉没

他们看见呼救的辉煌闪过沉没无言的万物
他们仿佛长久地坐在废墟上

在这里，我们不谈论东荡子诗歌的词语、诗句间的
呼吸和节奏以及拉伸诗歌空间的反讽修辞，我们谈
论他对时代的总体性把握。在高速发展的生产线
上，人类的精英分子已经看到了人们暮日般的境况
了，但社会的运行有着巨大的惯性，明知前路充满
危险，惯性却有如黑洞般把人吸引进去。万物听任
于惯性，呼叫对于巨大的惯性和习惯就像一些华丽
的说辞——震撼心灵的说辞，对于巨大无边、注满
了力量的惯性来说，那只是一闪而过的亮光，它并
不能改变什么。现实这个黑洞我们就居住在里面，
我们无法挣脱，也无所作为。

一切都在过去，要在寓言中消亡
但蓝宝石梦幻的街道和井市小巷
还有人在躲闪，他们好像对黑夜充满恐惧
又像是敬畏白昼的来临

东荡子深切地理解消亡作为一切生命的宿命，这种
悲剧性的命运人类无论如何也无法摆脱。这是人类
现代的命运，还是自古就是这样？我们所能体验和
把握的无疑只有现在，"一切都在过去"，这宿命
紧紧地控制着我们的命运。但在梦幻的街道和井市
的小巷，却有人不屈服于这种命运，他们在躲闪。
在巨大的命运面前，呼叫和反抗的人是多么的渺小
啊！东荡子并不悲悯他们，就像他也不悲悯自己；
他知道人类的挣扎是徒劳的，纵使他自己也在挣扎
之中。这就是命运，这就是担当。在他接受"诗歌
与人 诗人奖"的授奖词里，曾经回忆了年轻时，
父亲对他选择当诗人的叫吼"杜甫死了埋蓑土"。
"蓑土"就是薄薄的土，接近死无葬身之地了。他
说"母亲听后非常愤慨，我倒十分平静，甚至有一

丝说不出的愉悦。"这是一种对被选择的命运的坦然担当;这是对贫困的命运的担当的愉悦。众生中多少人想摆脱贫困的命运,但又无不陷入这样的命运;这种命运是绝对的,像上帝的命令一样;而多少人不自知。东荡子却欣然接受了,并且把它当成一种崇高的使命。虽然人类的一切努力都等于零,但在诗人终有一死的必然里,他相信并体验到了"担当即照亮"的可能。因此,他可以微笑着去赶赴自己的命运。在这首诗的结尾,他指出了人类这种消亡的命运,是源于对"黑夜充满恐惧,但又敬畏白昼的来临"这种悬着的状态。白昼是会来临的,但我们因为无知,由于惯性的牵引,对未来无法把握,无法信任。

这首诗在总体上把握了人类的命运。这就是存在者诗人和其它诗人的重要区别:他们更趋向于在总体性(本质性)上把握并说出人类不妙的处境。在这种不妙的处境中,诗人和所有人一样都必须无条件地担当他们时代的命运。在文学的诗歌中,诗歌显示了或悲伤、或愤怒、或歌唱、或反抗、或逆来顺受的情绪;而存在者诗歌,它唯有揭示和担当。波兰诗人扎嘎耶夫斯基不久前来到广州,他带来了911之后发表在《纽约客》上的《尝试赞美这遭受损毁的世界》;这样的诗歌很容易呼应破损的人心,它有着强烈的人间气息,你能感受到呼吸之间的渴望和祝福。但存在者诗歌并不直接呼应实在之外,或者说他在更高远也是最底下的地方,与历史与天地间发生和可能发生的万物对话。东荡子的诗歌就站在这个原点上。

我从未遇见神秘的事物
我从未遇见奇异的光,照耀我
或在我身上发出。我从未遇见过神
我从未因此而忧伤

可能我是一片真正的黑色
神也恐惧，从不看我
凝成黑色的一团。在我和光明之间
神在奔跑，模糊一片

（《黑色》）

东荡子把自己的命运放到了最低处，就像一团黑色，不祈求眷顾，无论来自他们所说的"光明"，还是无法相遇的神；但他的世界无比的坚定，没有什么能动摇。在我们这个无神论的国家，我们可能更早陷入了诸神缺席的深渊而不自知；但在我们的文化中，我们并不靠神活着，我们更愿意置身于自然山水之中，我们借自然的一草一木呼吸，把身心融入里面。但工业与资本彻底地摧毁了神和自然的世界，资本和工业产品能寄放我们的身心吗？我们只有空荡荡的个体在无所依旁大街上，我们易朽的肉体和欲望的身躯将如何在这世界安身立命？哭泣、哆嗦、怨恨、欺压、复仇？这一切只会再次摧毁我们自身。坚毅和丰富自己并在人间保持友爱，这能否在我们这个世界时代开启新的转机？我们这个世界时代是否还是海德格尔所说的贫困时代——一个在不妙中而不自知的时代？还是像莫兰一样已经把诊出我们时代的病灶，并且有能力为善赌一把？东荡子追悼会那天（也是他的生日），这个籍籍无名的诗人在灵堂里躺着，有四百多个诗人和朋友从全国各地赶来告别；这是否是诗歌和他生前在朋友中播撒的友爱在他缺席之后结下的果？对于时代，我不知东荡子是否已经抵达了它的本质，即那个值得置身其中的世界已经敞开；它是否已经告知了或者指出了那个可以成为存在的世界？但我相信在他的个人那里，在他的生和死之间的从容，在他贫困中葆有的欢乐，他已经抵达了他个人的存在。我称他为存在者。

在"外在正当化"资源（自然法、神圣意志、特定人群的自然优越性和政治生活的自然性）被耗尽的现代性背景下，我们的诗歌并不是要建立一种单一的原则，而是要坚守"无力者的梦想"，保持一个丰富性的内心；在秩序和制度规范下的铁板般的生活里撕开一个缺口；在起伏不平的井市小巷里坚毅我们的目光；在这个充满不确定性的世界安一颗诗歌之心；在神明缺席和自然破损中寻找我们的存在。

附 录

苏文健

世界上只有一个
——东荡子谈东荡子

前记

2013年5月11日，我在九雨楼小住，难得当天没有其他朋友前来活动，晚上小雨嫂子又外出打牌了，屋里只剩我和东荡子，我们得以尽情地聊诗歌。因为之前与东荡子有过一次较为成功的访谈，我们的聊天自然不是漫无边际的神侃，我有意识地进行了录音。

我从书架上找到东荡子的几本诗集：《王冠》、《不落下一粒尘埃》、《阿斯加》，对话就此展开。这些对话大部分由我先朗诵某首诗歌，之后提出自己的疑问或问题，然后东荡子回答，甚至从相关话题引申开去，且不局限于诗歌本身。现在看来，这种劳作富于相当的启示意义。一方面我和东荡子一起阅读他的诗歌，不明白的地方可以当面请教，帮助我（读者）深入理解其诗歌文本；另一方面这种对话又是平等的，是一种相互碰撞，相互激发思想的过程，能够让人亲临其境，感受东荡子创作或诗歌发生的某些细节与缝隙。

此前诸事繁忙，我一直没有集中的时间与心思整理这个录音。一来因为录音太长，整理起来较为费时；二来整理出来后，东荡子再也不能亲自审核修改了。近日稍为空闲，我反复听着这些录音，其中的精彩对话时常让我忍不住开怀大笑，心想，东荡子这个家伙当时怎么会蹦出那样的妙语呢？

一、众多诗人是炊夫，东荡子是酿酒人

苏文健：东哥，趁这个难得的机会，我们一起聊聊诗歌吧，聊聊你的诗歌。一方面帮助我（读者）理解你的诗歌，另外你也可以现身说法，聊聊你这些诗歌的创作情况，以及你对当下诗歌的一些看法。

东荡子：要谈当下诗歌的问题，好与坏，优与劣，最简单的办法，把诗歌文本摆在一个桌面上，只要你一首首一句句去对照、去分析，就会发现很多东西。有时候你可能觉得某一首诗歌还不错，可是当你一比较，答案就出来了，哪个高哪个低，之间的差距有多远，就会一清二楚。

苏文健：是。诗歌靠文本说话，而不是其他。

东荡子：随便打个比方，就说北岛的那两句著名的诗歌——卑鄙是卑鄙者的通行证，高尚是高尚者的墓志铭——那么多人会背诵，那么多人在赞美，这样的句子，如果放肆鼓吹的话，只会给诗歌市场带来混乱，它会鼓励很多人绞尽脑汁地去写诗。另外，从美学的角度上来讲，这两句话相当于一个公式，一个什么公式呢，1+1 = 2。它非常正确，正确得你一看就觉得它无话可说，无可挑剔，因为它正确啊，而且形式上对仗工整，像格言，像警句，

又容易记忆。而这正是我们应该高度警惕的。诗歌它不等于数学公式，你知道数学公式是冷冰冰的，没有任何艺术张力可言。当然，诗歌一经发表，它的命运就不受诗人的控制，我想这也不是北岛的本意，只是客观上这样的句子的流传带来了负面的效果，对于写诗的人来说，它绝对是害人的。要知道，很多作者意识不到这些问题，他们没有自己的大脑，只能依靠所谓的经典活着，依靠别人的句子活着。我们说真正好的语言，它一定不是矫揉造作的。比如雪莱的"冬天来了，春天还会远吗？"这个就很自然。装模作样的、刻意的诗歌就是没有力量。感情的东西是不能伪装的。现在你还煽动这些东西，只能贻害更多的人。

苏文健：雕琢的东西总是让人隔了一层，读起来很别扭。

东荡子：当下中国诗坛有点像是"山中无老虎，猴子当大王"。现在诗歌圈子里就有很多猴子。猴子一旦坐在板凳子上，诶，你别说，它就像一个人。

苏文健：的确如此。不仅猴子多，而且真假难辨。

东荡子：真正的诗歌是在大王中间诞生。但他们还没有做好迎接大王到来的工作，还没有这个意识。他们也不知道这是个大王（指东荡子自己）。

苏文健：难道是"圣者"诞生的场景还没有布置好？

东荡子：有一个迹象就说明这个问题。那么多朋友，熟的也有，不太熟的也有，甚至没见过面的，都对我的诗歌给予"太阳"这么一个（评价）高度。这是一个好事。中国诗人写了那么多的现代诗，都没有得到那样的褒奖。没有人说过北岛是诗歌王子，也没有人说过海子是诗歌王子。就算他们是王子，那也是皇帝的儿子啊。也没有人说过于坚，没有人说过伊沙。人家给我诗歌这样高的评价，那是发自内心的，是很难得的。如果不是发自内心，这样说就会很肉麻。如果你不认识我，我叫你赞美我，你会吗？

苏文健：当然不会啊。人家不会为了讨好你给你说好话，尤其在诗坛。据我观察，诗人们谁不骄傲啊，表面上可能是谦逊的，内心大多是骄傲的。

东荡子：人家是读了你的诗之后形成的这个认识，是发自内心的赞美。人家想赞美你，又找不到什么赞美的词，可能那些赞美的词对于被赞美的东西，轻了。所以干脆取了那么个东西，它直接、形象，但是呢，它也很俗气。可是他们情愿放下俗气的错误，也要把内心的真实感受忠实地表达出来。你这样去想，林贤治的表达就是很巧妙的：众多的诗人是炊夫，而东荡子是酿酒人。他的这个赞美的意思与其他人的赞美是一样的，只是说他的表达更有意思一些。

苏文健：你说的是林贤治在《2009：文学中国》（花城出版社2010年版）里面的那段话吧。

东荡子：是。这本书你看了没有？（从书架上取下林贤治、章德宁主编的《2009：文学中国》）

苏文健：之前浏览过，是在入选理由里面写到的。这段话对你的诗歌给予很高的评价，也体现了林贤治独到的批评眼光。

东荡子：你注意没有，他给所有入选诗人的评语

里，写我的是最认真、最用心的。从他对里面所有
诗人的评语，可以看出他对我的诗歌的一个态度。
你看看对蓝蓝的评价："诗人的心在村庄，在矿
区，在黑暗和苦难深处。生活是沉重的，可悲悯
的；化作诗句却是至简的、洁净的；有如雪白的
刀子，优雅，轻捷，而不失尖锐的力量。"这种评
语是很普遍的。你再看写我的："与'诗是知识'
的学院派要求不同，东荡子简直全凭天赋写诗，他
只需凝视自己的内心，而无视俗世的生活和时事的
变迁；其实这一切，早已内化为他的感觉，率性挥
洒而意象斑斓，处处迸发出生命力。众多诗人是炊
夫，他是酿酒人。"你看他的整个用词啊，是吧。
而且相对来说，是到位的。其他诗人的"入选理
由"都很简单。

苏文健：酿酒人与炊夫那可是区别明显啊，非常形
象，非常巧妙。这个断语让读者眼前一亮，一看到
就记住了。

东荡子：你再看对王家新的评语："孤独、忧
患、精神病，——这就是诗人拥有的一切。"太平
常了。

苏文健：是啊，把这句话用到其他诗人身上也是可
以的。

东荡子：他没有用心，或者说，这样的诗歌不值得
他（林贤治）用心去做这些工作。你看对沈泽宜的
评语："曾经沧海，几经磨难，依然不折诗心。
一部《西塞娜十四行》，舞剑吹箫，情仇并交，尤
为出色。"感觉很虚。再看写黄金明的："从现实
生活到形而上，视界开阔，诗风奔放。在诗行作平
面运动时，我们看到，总有一个垂直向下的力在牵
引，这就是灵魂对土地的皈依。"这段写得还可

以。后面写戴新伟的："像土地一样淳朴，像时序变化一样自然，'一改烈日的方式，现实低温寂静'，正如诗人所说。但于平和宁静的常态中，时有惊弦乍响，激越动人。"还有后面的"明快，精准……"这什么鬼啊。

苏文健：林贤治给你的评语，只适用于你的诗歌，只能用在你的身上，决不能套到其他人身上，它实实在在是从你的诗歌文本生发出来的。

东荡子：这与有些人说我是诗歌皇帝是一致的。普遍的人都给我的诗歌很高的评价，在全国各地都这样，而不是一两个人。有时候一大群人一起喝酒，有的跟我并不熟，没交往过的，跑过来跟我敬酒，就说，东荡子，我要跟你说，你的诗歌是一种骄傲，读到你的诗，是我的幸福之类，这些话很唐突，但我也接受。其实，这些话不仅是赞美，更是发自内心的交流与尊敬。有时半夜，我会突然接到朋友的电话，一帮朋友正在宵夜桌上起劲地谈论我的诗歌，争来争去。

苏文健：所以啊，林贤治把"酿酒人"用在你的身上最恰切不过了。不像刚才说的这一个评语："明快，精准，该出手时就出手，果然牛逼。"哈哈，这评语本身就很牛逼。

东荡子：哈哈（大笑）……兄弟，东荡子的诗是诗歌王冠的诗，是拿生命内核去写的。它的力量，它的语言穿透力是了不得的。

苏文健：这个就像上次我们在对话中谈到的，直取内核，直抵灵魂的深处。

东荡子：我的诗歌读起来好像简单，甚至是一些很平常的句子，也不会有生僻词，但它绝对是需要很大能量才能写出来的。我的诗歌像直线一样飞过去，其他诗歌是很难做到的。

苏文健：那么多人，尤其那么多民间的诗人朋友，他们看了你的诗歌，都有一种望尘莫及的感觉。你完全是依靠诗歌说话的人，不像其他所谓的知名诗人，只是知道个名字而已，不能留下什么值得称颂的诗句，没有诗句的著名诗人是很可疑，也很奇怪的。

东荡子：你说得对。在中国，这种现象就是很奇怪。

苏文健：当然，这里面有一个说话平台的问题，也就是话语权。

东荡子：我的诗歌一般的人是没有能力去模仿的，他们只能去抄现成的句子，根本模仿不了。海子的诗歌就被很多人模仿。你写的诗很多、很弱，而且很形式化，人家就很容易把你模仿。但昌耀又不同，虽然他的诗歌的形式也很明显，但他的诗歌的形式也有很高的难度，人家也不容易模仿。你看是不是很少有人模仿昌耀，但是人们都尊重他。就形式这一点来说，昌耀的诗就要比海子的诗好一点。而且昌耀的诗歌语言也很特别。

苏文健：昌耀有着独特的人生经历与体验，他的诗歌语言饱含独特的生命底色。他的诗歌是不容易模仿的。模式化的东西很容易流行，但流行就是尸体。如果说1986年诗歌大展西川仅以一首诗就独标"西川体"，那么东哥你的诗歌也可以标示一种"东荡体"或者"东荡风"什么的。要是"东荡风"在中国诗坛刮起来，不得了啊。

东荡子：西川体？没有真正的诗歌，搞什么体？当然每个人可能有自己的想法。这其中可以有多种分析。你西川尽管瞧不起人家搞的诗歌名堂，你干嘛要去参与呢？是不是？你搞西川体，有可能是一种不严肃的态度，人家搞一个体，我也搞一个西川体，你是在嘲弄这个东西。即使是在嘲弄这个东西，那你为什么要加入到他们这个环境中去？这个绝对是有问题的。你要瞧不起它，你可以不参与它。你这样看，其实你跟他们没有什么区别。这作为一个信息，你可以去分析。当然，你如果没有那些意识，只不过是好玩，你搞一个体吧，我也搞一个体，说到底，就是哗众取宠，就是玩一下而已，只是配合这个东西去玩一下而已。

苏文健：其实，（20世纪）80年代是一个诗歌江湖、占山为王的年代，所谓的什么体，什么派的风起云涌也是可以理解的。这种一片喧嚣、狼藉的场面随着时代的转换也悄悄地发生了变化。

二、和我阿斯加走进了同一片树林

苏文健：好吧东哥，我们读一读《阿斯加》吧。很多读者都对你塑造的"阿斯加"形象怀有不同的看法，我心里也有疑问，他们的疑问也是我的疑问。

东荡子：是这样的。我们还是先看几首《阿斯加》之前的诗歌吧。先看《暮年》吧。

苏文健：（朗诵）

唱完最后一首歌
我就可以走了

> 我跟我的马，点了点头
> 拍了拍它颤动的肩膀
>
> 黄昏朝它的眼里奔来
> 犹如我的青春驰入湖底
>
> 我想我就要走了
> 大海为什么还不平息

东荡子：你看这样的诗歌，它没有那么多混乱的意象，没有那么多的概念，读起来很舒服，一下子就脱颖而出。在这里，你才是真正地在读东西。每一句，在你读的时候，你会跟着这个情绪一起前进。这才叫读诗嘛。

苏文健：确实。特别是"黄昏朝它的眼里奔来／犹如我的青春驰入湖底"这一句。不说什么眼里看见了黄昏，而说黄昏朝眼里奔来，这犹如青春驰入湖底，湖是上帝之眼，实在是太好了，这几个意象的关系非常奇妙。这一句犹如神来之笔啊。

东荡子：但这也是很自然的事情。你再读《伐木者》。

苏文健：（朗诵）

> 伐木场的工人并不聪明，他们的斧头
> 闪着寒光，只砍倒
> 一棵年老的朽木
>
> 伐木场的工人并不知道伐木场
> 需要堆放什么
> 斧头为什么闪光
> 朽木为什么不朽

东荡子：整个你看这首诗歌，非常明确，也很明朗。线条的发展它很有次序，它不会在里面打架。很多人写诗是热衷于在里面打架，不知道在里面搞什么东西，他们会提出很多信息来，结果呢，一个信息也没有抓住，全在里面绕来绕去，自己都绕晕了，最终也是让读者一头雾水。我这里面也没有太多的意象，你看，就是马、大海、斧头、朽木等，而且每个意象都在具体地起作用，没有任何的故作高深。

苏文健：现在有的诗歌是人为地设置很多障碍，这样的诗歌写出来可能自己都没有把握。而且很多诗歌都是被大量的信息、意象所淹没，以为靠堆积语言、信息、意象就能使得诗歌有内涵，有韵味，这恰恰适得其反。

东荡子：没错。你再读《朋友》这首。

苏文健：（朗诵）

> 朋友离去草地已经很久
> 他带着他的瓢，去了大海
> 他要在大海里盗取海水
> 远方的火焰正把守海水
> 他带着他的伤
> 他要在火焰中盗取海水
> 天暗下来，朋友要一生才能回来

东荡子：这是一种心灵的交换。这是心灵在说话。这种东西轻轻巧巧，它没有绕。《王冠》也不绕，它也一样。所有这一些，你发现感觉都不同。

苏文健：这些诗歌与上次你在访谈中说到的用最简

单的话表达最丰富的思想是一致的。它很明朗、简洁而不简单。之前在一期《中西诗歌》的封底看到黄礼孩对你《宣读你内心那最后的一页》的细读分析，解读得比较到位，当然这首诗歌本身就很好，在朋友们当中也是广为传诵。

东荡子：你读《宣读你内心那最后一页》。

苏文健：（朗诵）

该降临的会如期到来
花朵充分开放，种子落泥生根
多少颜色，都陶醉其中。你不必退缩
你追逐过，和我阿斯加同样的青春

写在纸上的，必从心里流出
放在心上的，请在睡眠时取下
一个人的一生将在他人那里重现
你呀，和我阿斯加走进了同一片树林

趁河边的树叶还没有闪亮
洪水还没有袭击我阿斯加的村庄
宣读你内心那最后一页
失败者举起酒杯，和胜利的喜悦一样

东荡子：你看，"写在纸上的，必从心里流出/放在心上的，请在睡眠时取下"，这在生活中，随时都可以用到。非常明朗，诗歌一定要明朗。但是，明朗并不等于大白话，它的效果一定要在里面，这对很多诗人来说又是难上加难的。

苏文健："宣读你内心那最后一页/失败者举起酒杯，和胜利的喜悦一样"这一句很有力量，能够给人很大的鼓舞与激励。

东荡子：（朗诵《把剩下的一半分给他》）

你可曾见过身后的光荣
那跑在最前面的已回过头来
天使逗留的地方，魔鬼也曾驻足
带上你的朋友一起走吧，阿斯加
和他同步，不落下一粒尘埃

天边的晚霞依然绚丽，虽万千变幻
仍回映你早晨出发的地方
你一路享饮，那里的牛奶和佳酿
把剩下的一半分给他，阿斯加
和他同醉，不要另外收藏

"不要另外收藏"，这样的语言，生活中随时都可以用，它可以脱口而出，但深有含义。这是我诗歌的一个特点，诗句看上去很简单，没有那么多花里胡哨，同时它又极其丰富。这也是诗歌与诗歌的差别。

再看看《它熬到这一天已经老了》。

苏文健：（朗诵）

死里逃生的人去了西边
他们去了你的园子
他们将火烧到那里
有人从火里看到了玫瑰
有人捂紧了伤口

可你躲不住了，阿斯加
死里逃生的人你都不认识
原来他们十分惊慌，后来结队而行

从呼喊中静谧下来
他们已在你的园子里安营扎寨
月亮很快就会坠毁
它熬到这一天已经老了
它不再明亮，不再把你寻找
可你躲不住了，阿斯加

这首诗在什么状态下写的？

东荡子：这是"阿斯加"系列中写的第二首，当时
才刚刚开始，还没有进入状态。从第三首就开始进
入状态，到了第四首又马上进入高峰状态。《它熬
到这一天已经老了》这一首，当时才开始进入"阿
斯加"系列的萌芽时期。

苏文健：我发现这一首就没有"阿斯加"里的其他
诗歌那么有味道。你创作《阿斯加》的时候，是不
是一开始就有一个完整的想法要去创造一个"阿斯
加"的形象？

东荡子：有的。刚一开始就有这个想法，想要找
到这么一个人，通过这么一个形象，完成一个系
列创作。就是要把这个人写出来，达到一种心灵
的对话。

苏文健：我感觉"阿斯加"就是我们所有的人，但
又不是任何一个人。这个系列通过简练的语言，有
力的诗句，成功塑造了现代汉语诗歌中的一个典型
形象。

东荡子：对。我们来看看《水波》。

苏文健：（朗诵）

我在岸上坐了一个下午，正要起身
忽然就有些不安。莫非黄昏从芦苇中冒出
受你指使，让我说出此刻的感慨？你不用躲藏
水波还在闪耀，可现在，我已对它无望

这里写的是"我"当时坐在岸上，等待着什么东西出现？还有些不安，接着是"莫非黄昏从芦苇中冒出"，当时是个什么情况？"受你指使"怎么理解？这个"你"指的是什么？是"阿斯加"吗？最后为什么又说"我已对它无望"？

东荡子：　"你"，在这里就是"我"所要等待的事物，"我"所梦想的东西出现了。这不是对水波无望，而是对另外的事物，也可以说是水波，这里面很复杂。但是你能感觉到，不管它是什么东西，这个事物是跟水波相关的，但表象上好像是"我"坐在岸上看水波。因为这个美好的事物就是在水波上出现的。

苏文健：　这让我想起孔子的观澜之术。一个人在岸边观看水波一个下午，可能什么都没有发现，但也可能在某一瞬间，它等待的东西就出现了。这其中是不是有一个机缘在里面。

东荡子：　这样跟你打个比方吧，比如谈恋爱，爱上了一个人，这个人很喜欢去打球，爱他的这个人为了追他，也经常去看打球。其实，看打球是一个假象，她不是看打球，而是看他。

苏文健：　这就是醉翁之意不在酒，或者说项庄舞剑意在沛公，言在此而意在彼。

东荡子：　就是这么个意思。爱屋及乌嘛。当我对你已经没有兴趣的时候，对你什么也没有兴趣了，所

以对水波也无望了。

苏文健：你说的这一点让我想起杜拉斯的一句名言："当我不爱你的时候，就什么都不爱了；什么都不爱，你除外。"

东荡子：对，就是当我爱你的时候，你的什么东西我都感兴趣。这个意思是"我"想进入到"水波"里面。它这个是很美好的。

苏文健：《那日子一天天溜走》这首（朗诵）。

> 我曾在废墟的棚架下昏睡
> 野草从我脚底冒出，一个劲地疯长
> 它们歪着身体，很快就掩没了我的膝盖
> 这一切多么相似，它们不分昼夜，而今又把你追赶
> 跟你说起这些，并非我有复苏他人的能力，也并非懊悔
> 只因那日子一天天溜走，经过我心头，好似疾病在蔓延

你是什么情况下写这首诗的？溜走的都是些什么样的日子？

东荡子：这个东西是我自身生活的一个写照。因为我的日子就是这么过的，像疾病一样，无聊的，荒芜的。就是这么回事。某个时刻我醒悟了，不应该这么去过，所以就写了这首诗。其实，我是这么一个人，昏睡的人，在废墟下，也没有上进心，很懒散。在这里昏睡，这些疯长的野草都把你淹没了，荒芜了。这一切多么相似，就是说，对照起来，感觉这跟我，也是一样的。

苏文健：野草一个劲地疯长，与你在废墟的棚架下昏睡，这两种状况好像有一个相似的地方。

东荡子：是。这两种状况找到了一个对立点。我在这里昏睡，你怎么也跟我一样呢，"这一切多么相似，它们不分昼夜，而今又把你追赶"，这是曾经嘛，曾经这样，但现在不这样了嘛。现在跟你谈起我的过去，这些事情，这里的"我"呢，可能是"阿斯加"或者其他的东西。"把你追赶"，这个"你"就是"我"了。不是说"我"有能力去教导你，要你醒悟过来啊，"也并非懊悔"，而是要告诉"你"一个真相："只因那日子一天天溜走，经过我心头，好似疾病在蔓延"。就是这么一种情况。这是一种心灵的对话。

苏文健：这种心灵与心灵的对话，真是很微妙。

东荡子：读者怎么去认识"阿斯加"这个形象呢？其实，"阿斯加"不是一个教导者，它顶多只是说出某个事物的出现，你自己去对照就行了。"阿斯加"又是一个最平常的人。

苏文健："阿斯加"，是每一个读者内心希望出现的那样。

东荡子：是。其实《倘使你继续迟疑》与这首诗是一样的，算是姐妹篇（朗诵）。

> 你把脸深埋在脚窝里
> 楼塔会在你低头的时刻消失
> 果子会自行落下，腐烂在泥土中
> 一旦死去的人，翻身站起，又从墓地里回来
> 赶往秋天的路，你将无法前往
> 时间也不再成为你的兄弟，倘使你继续迟疑

他就是告诉你，要振奋起来，要做自己该做的事。
这是一种心灵的交换，是一种健康的认识。这两首
诗表达的差不多。

苏文健：这种心灵的交流，能够触及、唤起内心沉
睡的东西。外在的东西来到你的内心，把你内心沉
睡的部分唤醒。

东荡子：是啊，真正的诗歌就是一种心灵交流的东
西，这一点非常重要。你得保持明确的姿态。不管
是什么东西，即使是矛盾的，也应该是明朗的。

苏文健：对。其实每个人的内心都是矛盾的。但怎
么样把这种矛盾明白地表达出来，让人家也能理解
你。这是非常重要的。

三、请大地为它们戴上精制的王冠

苏文健：一起读读《王冠》这本吧。《王冠》与
《阿斯加》写于不同的时期，其中的一些变化痕迹
还是很明显的，这里面也可以看到你对诗歌的独特
理解。相同的是，这些诗歌都简洁有力，与你对诗
歌的认识以及对语言的掌控能力有很大的关系。

东荡子：这一点与我早年写的一首诗是相应的——
诗歌是简单的》（朗诵）：

> 因为思考而活着
> 在人群拥挤的喧哗中闻到香气
> 在单个的岩石上闻到生的气息
> 在人群、岩石、草木与不毛之地
> 也会闻到所有腐臭和恶烂的气味
> 诗歌是简单的，我不能说出它的秘密

你们只管因此而不要认为我是一个诗人
我依靠思索
穿过荆棘和险恶而达到欢迎我的人们
铁树在我临近的中午开花
铁树的花要一个长夜
才会在清晨谢去，那时我遁入泥土
因为关闭思考而不再理睬世间的事物
鸟儿停顿歌唱，天空定有瞬息的凝固
你们挫败了我，是你们巨大的光荣和胜利
而我只是一株蔷薇草，倒在自己的脚下
风很快就把一切吹散

你看，我们在人群拥挤的喧嚣中活着，并且进行思考，能够闻到香气。"诗歌是简单的。""我依靠思索/穿过荆棘和险恶而达到欢迎我的人们"，这就是我说的诗人的工作就是大海捞针的工作，你要穿过任何的东西。铁树千年开一次花。"那时我遁入泥土/因为关闭思考而不再理睬世间的事物/鸟儿停顿歌唱，天空定有瞬息的凝固"，就是说，我如果死了——这里有一种自负在里面，那时鸟儿停顿歌唱，天空定有瞬息的凝固。"你们挫败了我，是你们巨大的光荣和胜利"，战胜了我这么一个诗人，反过来也是你们的胜利。"而我只是一株蔷薇草，倒在自己的脚下/风很快就把一切吹散"。

苏文健：不管其他人怎么看待诗歌，但是诗歌本身留下来了。你会过去，我会过去，一切都会随风吹散。是否是一个诗人的离去，连天空也变得忧伤？

东荡子：也不要那么夸张，可能是"瞬息的凝固"，可能有那么一瞬间，这可能有一点自负。人家不提及我，人家嫉妒我，人家想赞颂我，这是他们的任务。"而我只是一株蔷薇草，倒在自己的脚下/风很快就把一切吹散"，多欢快，是吧。

还有一个问题，我的诗歌不喜欢把一些东西拆烂。句子一般都是一个完整的句式。一句话就是一句话，一句话就是一个很完整的东西。不像有些诗歌，它不是一句话，拼凑一些东西，或者喜欢拆烂，搞得乱七八糟。"在人群拥挤的喧哗中闻到香气"，这就很完整。

苏文健：就是说，一行诗、一句诗表达一个明确、完整的意思或信息。

东荡子：对。一句话，它很明确，很完整，指向一个具体的东西。"因为思考而活着"，这就很明确了吧。"在人群拥挤的喧哗中闻到香气／在单个的岩石上闻到生的气息／在人群、岩石、草木与不毛之地／也会闻到所有腐臭和恶烂的气味"，这非常完整。在这里，只是因为过于的长而分两句，但它也很明确。

苏文健：嗯。每一句都告诉读者一个明确的信息，一个具体的对象。我们再看《寓言》。（朗诵）

> 他们看见黄昏在收拢翅羽
> 他们也看见自己坠入黑洞
> 仿佛脚步停在了脸上
> 他们看见万物在沉没
> 他们看见呼救的辉煌闪过沉没无言的万物
> 他们仿佛长久地坐在废墟上
>
> 一切都在过去，要在寓言中消亡
> 但蓝宝石梦幻的街道和市井小巷
> 还有人在躲闪，他们好像对黑夜充满恐惧
> 又像是敬畏白昼的来临

这首诗在读者中间有较好的口碑，我想问的是你写

这首诗的时候当时是怎么想的？这是一个什么样的
"寓言"呢？第一节中的排比修辞用得很有力量。
还有"黑洞"、"沉没"、"无言"、"废墟"等
等这些反面词语，用这样密集的词语去呈现一种什
么景象？

东荡子：这首诗歌表达的是人类的一种真实状况。
他们恐惧，他们害怕，什么东西都藏着。实际上，
什么事物都会过去的，这些人没有想明白。他们
以为能留住很多东西，他们对这个世界是那么的贪
婪、留恋、恐惧、徘徊。他们到底想干什么呢？他
们真的是对黑夜充满恐惧吗？又像是敬畏白昼的来
临吗？这些人总在我们生命里，在内心里面躲躲闪
闪，生活形象也是躲躲闪闪。他们看到这些东西的
时候，总是这样的状态。这样的诗歌，是整个人类
的写照，适用于所有时代。这也是我很多诗歌的一
个特点，适用于所有的时代，不存在过时一说，从
而能够映照更多更广泛的心灵。

苏文健：这一点说得很好。很多人不敢直面自己的
内心，总是畏畏缩缩，躲避内心的真实想法。

东荡子：对生存的贪婪、留恋，导致了自己的恐
惧、躲闪。这就是我要告诉他们的这个真相。一切
都在过去，所有事物都会在寓言中消亡。人类就是
一个寓言。

苏文健：这里说的诗歌就是消除恐惧，消除黑暗。
这与你和世宾、黄礼孩提出的旨在消除黑暗的"完
整性写作"有很多一致的地方。

东荡子："他们看见黄昏在收拢翅羽/他们也看见
自己坠入黑洞/仿佛脚步停在了脸上"。你想想有
个人的脚踩着他的脸，他肯定是很惊恐的。"他们

看见万物在沉没/他们看见呼救的辉煌闪过沉没无言的万物/他们仿佛长久地坐在废墟上"。他们看见下坠的东西，他们也有呼救，就像地震时的那种状况。他们仿佛长久地坐在废墟上，这是人在等待救赎，我们每个人就是坐在废墟上，等待救赎。"一切都在过去，要在寓言中消亡/但蓝宝石梦幻的街道和市井小巷/还有人在躲闪"，都这么一个状况了，居然还有人在躲闪。"他们好像对黑夜充满恐惧/又像是敬畏白昼的来临"。

苏文健：为什么对黑夜充满恐惧，又敬畏白昼的来临？既然他对黑夜充满了恐惧，那么他的内心肯定是希望、渴望白昼赶快来临，为什么是敬畏呢？

东荡子：对白昼他也很害怕啊。我曾经打过这样一个比方，当我们批评一个人的时候，他会尴尬；当我们表扬一个人的时候，他也会尴尬。他既害怕批评，又渴望表扬，同时又害怕表扬，事实上他也渴望一种批评，这得看来自谁，来自什么环境。其实，这是矛盾的，一种很矛盾的状态，但都是他内心的。这真实地表现了一个人的内心挣扎。"他们好像对黑夜充满恐惧/又像是敬畏白昼的来临"，"白昼的来临"、"敬畏"、"好像是"、"对黑夜"，这些语言很奇妙的。它需要专门的人去研究。"对黑夜充满恐惧"与"敬畏白昼的来临"，这里形成的力量，是一种循环的效果，像太极那个图案一样，不停地循环，这样的语言我自己都感觉非常奇妙。"恐惧"是名词吗，是动作吗？这个"来临"呢？这是名词，但有动感，有一种来临的状态在里面。"对黑夜"与"敬畏白昼"，这种语言是一种很微妙的变化，而且很精炼，包含很大的能量。

苏文健：是。这种颉颃拉锯，营造了一种很好的诗歌语言的张力。假如这句诗改成这样："他们好像对黑夜充满恐惧，又好像是对白昼来临的敬畏。"这样的表达就没有味道了，完全没有那种力量。语言变化的作用很明显。

东荡子：是，你的这个"假如"很有意思。按照这个句式的发展是这样的，"他们好像对黑夜充满恐惧，又好像是对白昼来临的敬畏。"这简直没有什么好读的，这个表达非常拙劣。"他们好像对黑夜充满恐惧，又像是对白昼的来临充满敬畏。"这不仅仅是 嗦的问题，力量出不来，境界也上不去。诗歌就是语言的艺术。换成这种，语言的力量、美感，语言里面给我们带来觉醒的东西，没有了，而且好像不是诗歌了。虽然同样具有这样一个意思，但这个意思与原来诗歌的效果，差多远啊？你看，"他们好像对黑夜充满恐惧/又像是敬畏白昼的来临"，这样效果就好多了。

苏文健：是啊。同样的意思，放在一起一比较，效果不言而喻。诗人的语言与日常语言的区别也就在这里。诗人有特殊的运思方式，诗人的语言惯于打破常规，营造一种力量。

东荡子：按照一般人的思维，这个句式的发展就是这样的。但是诗人的语言必须打破常规。诗人的语言与日常语言，这不仅是一般的不同，还有力量、美感、节奏、逻辑等，太多了。呈现出来的感觉又非常微妙。

苏文健：我们再看看《王冠》这首。很多朋友都说你的诗歌配得起"王冠"这一称号，应该给你的诗歌戴上王冠。（朗诵）

把金子打成王冠戴在蚂蚁的头上

事情会怎么样。如果那只王冠
用红糖做成，蚂蚁会怎么样
蚂蚁是完美的
蚂蚁有一个大脑袋有过多的智慧
它们一生都这样奔波，穿梭往返
忙碌着它们细小的事业
即便是空手而归也一声不吭，马不停蹄

应该为它们加冕
为具有人类的真诚和勤劳为蚂蚁加冕
为蚂蚁有忙不完的事业和默默的骄傲
请大地为它们戴上精制的王冠

我知道，这首诗被很多人谈论，不仅因为里面特别的思想，"为蚂蚁加冕"这个特别的举动，还有这首诗歌本身的修辞效果。蚂蚁有什么品质值得你为它加冕呢？你在蚂蚁身上看到了什么，它与人类的精神有什么联系？

东荡子：我曾经观察过蚂蚁在那里睡觉（笑）。蚂蚁是非常勤劳的。蚂蚁这么小，在我们看来，它的世界也是很小的。蚂蚁虽然微小，但它的世界也是大的。有时候我们会把人比作蚂蚁，默默地劳作，即便是空手而归，也没有什么情绪，一声不吭，马不停蹄，它们是这么一种劳动群体。这样一种品质。哪怕它们再小，也应该为它加冕，因为它们永远有忙不完的事业，一生奔波。这是我诗歌里面最明朗的一首诗歌。它体现了这样一种精神的追求，然后是一种语言的气息。这种气息是重的、大的东西。"把金子打成王冠戴在蚂蚁的头上。"这里面还有一个很有趣的东西，蚂蚁特别喜欢红糖，如果蚂蚁的这个王冠是用红糖做的话，就会引来千万只蚂蚁，这个蚂蚁不死掉才怪，它们会把它压死。王冠是红糖做的话，这是一个诱惑。

苏文健：确实是一个巨大的诱惑。这样它们就会为此争斗，带来血腥和残忍。人类也是这样，为了王冠、权柄、利益而争夺，不停地勾心斗角，尔虞我诈。

东荡子：这东西不要扯远了，扯远了会破坏它，那是人家去想的。我当时写这首诗是为了好玩。后面写得都很明确。

苏文健：是啊。应该说，用红糖打造的王冠对蚂蚁而言，与金子打造的王冠对人类而言，是一样的。一个有巨大的诱惑，另一个有象征意义。

东荡子：对。蚂蚁的品质让我为其加冕。它勤劳、默默劳作，"即便是空手而归也一声不吭，马不停蹄。"

苏文健：蚂蚁是完美的。蚂蚁卑微，但有智慧，有忙不完的事业，一生奔波，穿梭往返不停。因为蚂蚁的这种品质、精神，诗歌第三节"应该为它们加冕"。这三节之间的衔接有一种紧密的推理在里面，层层推进。

东荡子：逻辑是必须的。人与动物没有什么区别。在这里是把它们人化，或者把人物化。在这几句没有很多让人疑难的东西。

苏文健：蚂蚁与人类都是大地的造物。大地是万物之源。

东荡子：我认为大地是生命的创造者，人类是自然的造物。
这首诗的语言很有意思。"应该为它们加冕/为具有人类的真诚和勤劳为蚂蚁加冕/为蚂蚁有忙不完的事业和默默的骄傲/请大地为它们戴上精制的王冠"，这几个句子都有一个"为"字，包括由"为"发生变化的句式，读起来却一点不生硬，反倒很舒服。这种句式的变化，起到了很好的效果，而且思想感情都在里面了。你看啊，我这些诗歌其实是很注意排比的运用的。有变化的排比能够让语言活起来，能够盘活诗歌，而且它所展现出来的声音效果非常奇妙，很有意思。排比在诗歌中的运用十分常见，但往往又是诗人们普遍比较弱的方面。

苏文健：是啊，我留意到你的很多诗歌都比较注意排比效果的营造。你的排比都不是单一的，读起来，在节奏上、音乐性方面远远超出一般的排比。

四、到中国去

苏文健：再看看《正午》。这首诗在你的诗歌里很特别，很有意思，不管是在语言修辞，还是在意象使用上。（朗诵）

　　十三个人对我说同一个忧伤的词
　　十三个人低垂下头
　　十三个人和那个忧伤的词
　　冲洗大理石和恶魔的牙齿

　　十三个人看见雨中的正午
　　勇士的尸体安放进天堂彼岸的黑棺木
　　是谁把他们献上，摆在它的周围

　　十三个人
　　十三枝嫩而白色的玫瑰
　　其实是十三枝未经风雨的火焰
　　莫非是我把他们献上，带动了上天的眼泪

诗句里面的"十三个人"这一词汇会激起人的好奇或疑问。这其中是否有什么故事在里面呢？这首诗题目叫作"正午"，但为什么又是"十三个人"，而不是五个、九个呢？

东荡子：没有什么故事。我也不知道当时是怎么写的，忘记了。夏可君很欣赏这首诗，认为这种东西应该多写。但对于我，没有必要，这种诗歌不能多写，连我自己都不知所云，它顶多是语言中有一些美感，有一首就行了，写多了会害人的，我不想写害人的诗歌。它不像那些诗歌那么清晰，这首诗虽然也很明朗，但总的来说太神神秘秘了。至于看上去可以让人家想很多东西，那是人家的事情。只是玩一下而已，作为诗人的特殊感受可以尝试一下，绝不能多写，不能老是追求这种特殊的感受。诗歌更多的时候应该有具体的指向性。这首诗每一句的指向性还是很明朗的，但整体的指向不够明朗，这很麻烦。当我自己都不能确定的时候，不可能认为它是一首特别的好诗，但作为诗歌写作的一种倾向性、代表性，我还是把它选进来了。

苏文健：如果写一批这样的诗歌，确实很麻烦，相当于自己给自己挖墙脚嘛。

东荡子：是啊。你看，《世界上只有一个》这样的诗歌，多明确，多么有力量啊。

苏文健：（朗诵）

> 什么是新的思想，什么是旧的
> 当你把这些带到农民兄弟的餐桌上
> 他们会怎样说。如果是干旱
> 它应当是及时的雨水和甘露

　　如果是水灾，它应当是
　　一部更加迅速而有力的排水的机器
　　所有的历史，都游泳在修辞中
　　所有的人，都是他们自己的人
　　诗人呵，世界上只有一个

这首诗在朋友中间也是广为流传，但有些人也因为这首认为东荡子这家伙怎么那么自大狂啊！"诗人呵，世界上只有一个"。这首诗的句式变化也是很特别的。

东荡子：你看最后三句，从思绪、意识上，它本来就是一个排比，但最后就没有了，而是提到一个人。

苏文健：今天看到黄礼孩发来的，在《东荡子诗选》的前言里也说到这一句。诗人肯定有独特的地方。如果这个人与其他人都一样，那么他就不是诗人了。

东荡子：所以有些人看到"诗人呵，世界上只有一个"，会感到害怕，会说这个人太自负了，这个世界上的诗人竟然只有一个。

苏文健：的确，人家看到这一句，会认为东荡子这家伙太自大了。

东荡子："诗人呵，世界上只有一个"，我的意思是，世界上所有的诗人他们都是同一种人，他们心怀理想，有精神追求……这个意思。你的这个理解也是对的，但造成这种理解不是我故意这样，你看最后三句，是按照内在逻辑发展，被逼上去的，没有办法。按照逻辑，这一句就得这样写，没有其他写法。

苏文健：就像之前你说的，不得不这样写。"所有的历史，都游泳在修辞中"，这个"游泳"一词用得很好。其实，历史都是任人打扮的小姑娘。历史都是胜利者的历史。历史是一种修辞，是胜利者的修辞。

东荡子：那些有权力的人游刃有余啊，就像在水里游泳，他们想怎么游就怎么游，他们需要什么样的历史历史就可以怎么写。"历史都是任人打扮的小姑娘"，我的这个只是表述不一样，都是同一个意思。

苏文健："所有的人，都是他们自己的人/诗人呵，世界上只有一个"，这里"所有的人，都是他们自己的人"怎么理解？

东荡子："都是他们自己的人"，就是自私、个体的人，就是以自己为中心的人。每个人都关注自己。而且最后一句的"诗人"，必须用"诗人"，你不能用"画家"，因为"画家"它有具体的指向性了。诗人可以有诗人本身，因为他写诗嘛。这个地方，你只能用"诗人"这一个词，任何其他的名词，都不行。

苏文健：嗯。假如换成"人"、"画家"、"小说家"、"知识分子"等，就没有这种效果。与《喧嚣为何停止》中的"圣者"一样，别的任何词都无法替代它。一些词语的准确使用要达到无法替代的程度。

东荡子：必定的。所以说，一个东西的产生，是有一定的道理的，可能这个道理又还很难一下子说清楚。这首诗是怎么写的呢？为什么这么直截了当，

我怎么会用这样一种方式说话呢？有一次啊，一群
朋友在谈思想，谈了很多很多思想，高深莫测，说
谁谁谁很了不起。等他们说完，我就发了一通这样
的话，我认为这些思想都是糊弄人的，弱不禁风
的，没有力量的。我就以农民兄弟的口气来说，
"什么是新的思想，什么是旧的／当你把这些带到
农民兄弟的餐桌上……"我们的精神要给老百姓享
用，你把这些东西拿到老百姓的餐桌上，他们会怎
么说，让他们来回答，让他们评判。为什么我的写
作是作为"读者的写作"，那就是要消除人类的黑
暗，让更多的各个层面的读者体会到诗歌的力量。
为什么我的诗歌普遍被朋友认为是好的呢，就是我
要考虑到跟他们打成一片，我要让更多人享受到这
东西。

苏文健：的确是这样，作为读者的写作，这一观点
很亲切，也让人眼前一亮。"读者的写作"这个观
点，提得非常好！

东荡子：亲切，也非常深刻，而且很明朗。这种语
言能力是无法模仿的。看起来高深莫测的语言游
戏，那叫什么，叫装神弄鬼。别装神弄鬼，就这
样，一句一句说。既然你说你是一个思想家，就别
给我用十万字、二十万字的来阐述来解释一个道
理。你这个道理花那么多字才能说清楚，我要你
解释个鬼啊！我要去种田啊，不然稻谷会荒掉，会
弄得一家人没饭吃。一个真正的思想家，应该用最
简单的话，把道理说清楚，让大家一听就明白一看
就懂，从大海里明确地把那根针捞起来，呈现给大
家，这样才有用处。阐述了那么多那么长，显得很
有文化，把咱们的农民兄弟吓坏了。真的有思想，
就应该一句话两句话说出来。虽然这有点野蛮，但
你不能说它没有道理。

苏文健：这就说到了诗歌为谁写作的问题，诗歌的功用问题。诗人有诗人的运思方式，思想家也有思想家的任务。他们分工不同而已。

东荡子：所以我还说，所有的历史，都游泳在修辞中。也就是说，你们都是玩玩文字游戏，玩玩语言游戏，就这么回事。所有人都是自己的人，都想标新立异，都想让自己成为自私自利的人。所以诗人只有一个，诗人是真正跟生命、跟心灵走在一起的。初看上去，这些句子好像有些风马牛不相及，之间毫无关系，怎么能搞到一首诗歌里，但你稍加留意就会发现，它们的关系非常紧密，内在的逻辑原本就是这样的。所以我一直在发言，我在说话，我在告诉他们，游泳在修辞中，你的思想，你的这个说法那个说法，就是玩思想游戏，玩语言游戏，跟历史一样，没有区别。最后三句与前面的关系，这个跨度很大，从历史到人，让诗歌进一步大起来。

苏文健：有些人胸怀天下，有些人却心怀自己，境界自然有别。

东荡子：诗人是心灵的声音，诗人就是心灵。我们的心灵都是一样的。你不要觉得这个人有思想，那个人没有思想，好像他们有距离。不是的，这个人和那个人的心灵是懂的，我们心灵的颤动，你要摸得到啊。诗人是跟心灵在一起的，而不是跟那些简单的、那些标新立异的思想、那些文字游戏在一起。这首诗我一直很喜欢，它的力量太强大了。所有谈思想的人看到这首诗，就不要再谈了，谈也没有用了。看到这首诗，你再谈什么思想，也就没有力量了。

苏文健：这种观点的确有些野蛮，有些偏执，细细

想来也有一定的道理。我们再读《黎明》吧。（朗诵）

> 在黎明
> 没有风吹进笑脸的房间，诗歌
> 还徘徊的山巅，因恋爱而相忘的丁香花窥视
> 正在插进西服口袋的玫瑰
> 早晨的窗户已经打开，翅膀重又回来
> 蜜蜂在堆集的石子上凝视庭院的一角
> 水池里的鱼把最早的空气呼吸
> 水池那样浅，它们的嘴像深渊

这首诗本身也谈到了诗歌，"诗歌徘徊在山巅"。但黎明有很丰富的意象，比如：风、笑脸、山巅、丁香花、玫瑰、蜜蜂……最后两句"水池里的鱼把最早的空气呼吸/水池那样浅，它们的嘴像深渊"则在一深一浅的对比中托出了"嘴像深渊"这样一个令人震惊的场景。这首诗想表达一个什么想法？是不是可以理解为一首关于"诗歌的诗歌"？

东荡子：这个意思也是有的。好诗歌都要深入浅出，要丰富，要丰盈。要浅出来，要深入进去。丰富的东西一定要浅出。游戏的诗歌会制造一些理解的障碍。所以这里提到了诗歌，诗歌还徘徊在山巅嘛。这也是我内心世界比较自负的东西很自然地出现在里面，因为诗歌到了山巅，还在徘徊嘛。丁香花与爱情没有什么关系，但美感与爱情是有关系的。如果不恋爱的话，丁香花会跟它很好的。因恋爱而相忘的丁香花在窥视，如果不恋爱的话，丁香花与玫瑰会很好。丁香花的恋爱与玫瑰的恋爱是有区别的。

苏文健：但是这前四句与后四句的关系怎么理解呢？

东荡子："没有风吹进笑脸的房间"。这个房间，应该是我认识的世界来说，自己还没有出门。但是在我自己的房间来说，这是个小世界，诗歌还在山巅上徘徊。这是我内心对诗歌的一种忧虑。我是丁香花，或者丁香花在窥视，这个东西比较复杂，你可以去想，产生了一些区别。而玫瑰走到市面上去了，就是说这是个普遍性的。但丁香花不一样。丁香花的恋爱不像玫瑰那样轰轰烈烈，丁香花的恋爱是安静的、悄悄的。

苏文健：与戴望舒《雨巷》中那忧愁哀怨品性的"丁香花"有关系吗？

东荡子：没有关系。这样讲吧，有些人在场面上，有些人出名了，他们轰轰烈烈，人家能够看得到，而我是在自己的房间里面，安静的，虽然也是在一个巅峰。内心世界有那种思想的存在。"早晨的窗户已经打开，翅膀重又回来/蜜蜂在堆集的石子上凝视庭院的一角"，黎明来临，万物醒来，翅膀重又回来，该飞的都飞了，而蜜蜂也在庭院一角凝视，这个蜜蜂看到了一个奇妙的现象，"水池里的鱼把最早的空气呼吸/水池那样浅，它们的嘴像深渊"。鱼很疑惑，水池这么浅，但嘴却像深渊。这就像我自身一样，诗歌就是一个深渊，但又需要浅出。其实我的诗歌也是这样。诗歌就应该这样，诗歌那么浅，看起来就像一个深渊一样。所以说我的诗歌能够百读不厌，它就是一个深渊。但是你只能在浅出的地方读到它。这个是有关联的。

苏文健：就像你说的，"用最简单的话表达最丰富、最深刻的问题，这就是我的诗歌。"

东荡子：写诗就应该这样写，写诗从深渊出发，但你要浅出，让读者能够明白。

苏文健：与这些思想相关的还有《到中国去》。
（朗诵）

> 大海的荣誉是永恒的荣誉
> 诺贝尔是大海
> 但诺贝尔明显的缺憾：不懂得汉字
> 可以抵挡人间所有的炸弹
> 他也不知道21世纪30年代，全球发疯
> 汉字养育人类，他们争相观光北京
> 抚摸圆明园的石头，在火中睁开眼睛
> 想去抱抱长城，甚至还想
> 爬进马王堆，躺上一个时辰
> 哪怕是赤磊河畔的东荡洲
> 诺贝尔也会驻足，脱帽致敬

这首诗很有意思。特别是最后一句谈到连"诺贝尔也会驻足，脱帽致敬"。当然，读者读到这句，又会对东荡子的自负或自大有所说道。这首诗中，遵循了一个地理空间的逻辑，从大到小，即从全球、中国（北京）、长沙（马王堆）到东荡洲。里面还提到诺贝尔明显的缺陷，以及21世纪30年代这个未来的时间节点。所有这些连接在一起，给人一种寓言的味道。写这首诗时是个什么情况？

东荡子：诗歌在特定环境中表达的时候，会自然达到这么一句。但后来这句话是怎么来的呢？它前面有那些句子的铺垫，发展到这一句，自然而然地出来了。但写这一句诗，也有一定的刻意性，想表达这么一个意思。这个实际上是一个荣誉。

苏文健：还是按照内在逻辑发展而来的。

东荡子：汉语诗歌的伟大力量，连诺贝尔的炸弹也炸不掉的。所以说他"不懂得汉字/可以抵挡人间所有的炸弹"，精神的东西是伟大的，用汉语写的诗歌提供的力量也是巨大的。

苏文健：接下来你对"21世纪30年代"这一个未来时间节点的想象与虚构。这个很有意的。而且逻辑从大到小的空间地理，也很有意思。

东荡子：我当时还没有想这些东西，长沙的马王堆与我的家乡有关系，我还真没有想到。巧的是，这符合地理发展的顺序。

苏文健：是啊。就好像广州、增城、九雨楼，就到了东荡子的家。

东荡子：21世纪30年代是什么时候？2034年，我70岁；2039年，我75岁，那时候我已经疲倦了。那个时候，我这个寓言就在这里。30年代全世界的人都读我的诗。这还需要20年时间。那时候你们作为东荡子的朋友，接待各地访问东荡子的外国友人，你们比我年轻嘛。这些就是你们要去做的工作了（大笑）。你们是东荡子最好的朋友，也是东荡子的研究者，了解的东西比人家多嘛，你们就要多做一些工作。洪治纲写的那篇文章里面就提到这个。这首诗的语言非常有意思，你看，"诺贝尔也会驻足，脱帽致敬"，脱帽致敬，就是颁奖嘛，到那个时候诺贝尔文学奖就颁发给东荡子（大笑）。这是我带有幻想性的写作，它也是一个真正的寓言，还没有到来，说明了诗人自身真正的自负。

苏文健：这个寓言性的写作读来确实让人不得不钦佩你的自负与自信。

东荡子：是。这首诗与前面的"诗人呵，世界上只有一个"等等几首是比较类似的，还有《九月》这一首也是。（朗诵）

石头还在上升，进入我的喉咙
你呀，是你搬运
九月，熟透的颂词：不可救药的家伙

仿佛三个睡眠
三个白天也一样，石头还在上升
没有它，九月便死亡

石头还在上升
仿佛县令的案台，惊堂木
一响，该死的

你的声音柔柔的
石头还不落下，莫非
只有天堂
才能将我审判。

苏文健："只有天堂／才能将我审判"，在地上就不行吗？为什么是石头而不是其他的？它有什么特别的意义？为什么写九月里面的石头，而且是还在上升的石头？这里面对还不落下的石头怀有期待么？这意象让我想起诗人特拉克尔的"痛苦已把门槛化为石头"中的"石头"意象。当然这两者会有差别。

东荡子：我是农历九月出生的，我对九月怀有一种特别的情感。这个石头意象，我也感到怪怪的，说不清楚。有些东西你自己去思考吧。

苏文健：其实《东荡洲》这首也是。再看看《黑暗

中的一群》吧。（朗诵）

> 这些远离光明的家伙
> 躲在深海的淤泥中
> 探出一个头，搜寻着水中的食物
> 它们长着腥腻的鼻子，追逐腐尸与垂死
> 动物的舞蹈。这些只长着一齿牙的怪兽
> 用它们的独牙，在动物身上钻出一个
> 它们钻得进的洞，它们要深入尸体
> 首先吃掉龌龊的肠肚，再去吞食其余的部分
> 这些乘虚而入的打劫者
> 沉溺于发出腐臭，或呻吟垂死的动物
> 一直在黑暗中进行它们的勾当，当它们满足
> 又逃入黑暗中

这一首也写到了与黑暗、黑色有关的东西，是否与你提出的"消除黑暗"的写作有关系呢？这首诗歌想写什么或者想给读者呈现什么样的图景？

东荡子：其实这是一种动物的写照。有一种海鳝鱼，很厉害，能够刺杀鲨鱼，它的嘴很大，牙齿很锋利，能够咬住比它大的鱼类。它先在鲨鱼的身上打一个洞，然后钻进去，先把它的肠肚内脏吃掉，鲨鱼就会死掉，然后它开始吃腐臭的东西。它为什么要吃肠肚呢，因为肠肚是腐臭的。我是看到一个资料，突然就想这个可以写一首诗。但是诗歌完成之后，把那个都忘记了，读诗歌就可以了。今天我跟你谈这个，我告诉你这是一个科普，但是它可以从科普引申到人类，纯粹写那个东西意义是不大的。这确实也是一个科学的人类认识。这首诗与后来的《将它们的毒液取走》是一样的，有一致的东西。你读。

苏文健：（朗诵）

> 毒蛇虽然厉害，不妨把它们看作座上的宾客
> 它们的毒腺，就藏在眼睛后下方的体内
> 有一根导管会把毒液输送到它们牙齿的基部
> 要让毒蛇成为你的朋友，就将它们的毒液取走

这首诗里面有"毒蛇、毒液、宾客、朋友"等，还有其他的意象，这些意象、词语放在一起就营造出不一样的意味，特别是最后一句，"要让毒蛇成为你的朋友，就将它们的毒液取走"，这是对科学的认识，也是对人性的深刻洞悉。

东荡子：对。这首诗看起来写的是科学，却很有意思。它看上去有一个很高的位置，但居然它又俯冲下去，到了一个很具体、细微的认识里面去，然后再回来。这诗歌看起来其实是很笨的东西，而它作为一个诗歌在里面，它又不笨，似乎感觉这诗歌不太好。但是它落到这样的位置，人家不敢也不会像科普那样去阐释。尤其最后一句一出来，这首诗歌整体上便有了很高的提升。

苏文健：最后一句的确与前面三句，从实到虚，这中间有一种力量在变化、提升，营造了一个不一样的审美空间。"毒蛇、朋友、毒液"之间关系的确很微妙，也很形象。读者读了很快就记住这一句。我们再看《英雄》。（朗诵）

> 欢呼的声浪远去
> 寂静啊，鲜花般放开的寂静
> 美酒一样迷醉的寂静
> 我的手
>
> 你为什么颤抖，我的英雄
> 你为何把喜悦深藏

> 什么东西打湿了你的泪水
> 又有什么高过了你的光荣

这个英雄是英雄幕后，还是特殊年代的英雄形象？落款是"1992-11-8深圳旅馆"。我听说当年你初到深圳，后来好像因为边防证什么的被赶回来了，你在当晚随手写下这首诗，还是写在香烟盒的纸片上。

东荡子：是啊，这诗写得很早。这样说吧，我们平时对英雄的理解其实是很荒唐的。当一个英雄出现，社会进行宣传，让他下不了台。而真正的英雄他不是这么要求的。就像我们诗人，每个诗人都有自我的骄傲，而不是被外界所束缚。诗人本来就是一个真正的英雄，但是被社会那么一搞，他就很悲哀，他很悲哀他就会流泪，而且又说不出来。在中国当英雄，是很悲哀的，因为它不人性。我这里的英雄，他是更人性的。

苏文健："在没有英雄的年代里，我只想做一个人。"（北岛）英雄是悲哀的，人才是最真实的。

五、阻止我的心奔入大海

苏文健：《水又怎样》这首诗就不用多说了，背得它的人太多了。上个月在番禺的饭桌上第一次听到你朗诵，我还是感到很意外，也很惊喜。我们看看《硬币》。（朗诵）

> 对于诗歌，这是一个流氓的时代
> 对于心灵，这是一个流氓的时代
> 对于诗人，这个时代多么有力
> 它是一把刀子在空中飞舞、旋转、并不落下
> 它是一匹野马，跑过沙漠、草原

> 然后停在坚硬的家。喧哗
> 又成叹嘘
> 这个时代，使诗人关在蜗牛壳里乱窜
> 或爬在树上自残
> 这个时代需要一秒钟的爱把硬币打开

这里写到了金钱（硬币），我们知道，文学或者诗人与金钱这样的"俗"的东西在一起总是让人看起来很别扭，但它又是很现实的存在。我注意到你的《王冠》、《阿斯加》诗集里有不少首诗歌都写到了诗人或者诗歌本身，除了前面谈到的，还有比如《诗歌》、《盲人》、《无能之辈》、《东荡洲》等等，都对诗人、诗歌的特殊地位进行了自己的思考。

东荡子：是这么回事。很多人为了虚荣的名声，成了物质的奴隶，被物质所俘虏。这个时代需要真正的爱，但爱没有了，连一秒钟的爱都没有了。这个时代是缺乏爱的时代。"这个时代，使诗人关在蜗牛壳里乱窜/或爬在树上自残"，诗歌和心灵在这个时代被认为是多余的。
（说到这里，东荡子很自然地翻到《生存》这一首，并朗诵起来）：

> 世界从来没有要求我们生存
> 我们也没有任何义务，在世界上生存
> 可是我们活着，那么谁在指使我们
> 创造光辉的勋章要我们佩戴
> 我们却往往在同一炉堂打出枷锁和镣铐
> 花朵在荆棘丛中生长，充满幸福
> 人类的幸福，必定充满恐惧
> 没有人敢这样喊出来
> 也没有人，不愿意不追求幸福
> 那好，还是让我们

来把幸福的含义全部揭穿
它来自人类
它是人类一场永劫的惩罚

你看，这些话我都不需要辩驳。"花朵在荆棘丛
中生长，充满幸福／人类的幸福，必定充满恐惧／
没有人敢这样喊出来／也没有人，不愿意不追求幸
福"，我这就是直接发言，把幸福的含义全部揭
穿。

（接着，东荡子翻到《阻止我的心奔入大海》，朗
诵起来。）

我何时才能甩开这爱情的包袱
我何时才能打破一场场美梦
我要在水中看清我自己
哪怕最丑陋，我也要彻底看清
水波啊，你平静我求你平静
我要你熄灭我心上的火焰
我要你最后熄灭我站在高空的心
它站得高，它看得远
它倾向花朵一样飘逝的美人
它知道它的痛苦随美到来
它知道它将为美而痛苦一生
水波啊，你平静我求你平静
请你在每一个入口，阻止我的心奔入大海
也别让我的心，在黑暗中发出光明
在它还没有诞生
把它熄灭在怀中

苏文健：这首诗的语言修辞也很特别。它与前面的
有什么联系？可以理解为爱情诗吗？

东荡子：这是很疯狂的，"在它还没有诞生／把它
熄灭在怀中"。这首诗整个是反过来写的。所谓的

爱情诗，很多人在写，但很多人都不会写，也写不好。他们不想阻止他们的心，而是要求他们的心奔放，他们一般都是从正面来写，就没有意识到如果反过来写，效果会更好。就像唱歌一样，你不能把嗓子一直啦啦啦的拉上去，那样嗓子会拉破的。

苏文健：就像音乐，有高低起伏，是一个人能量的体现，也是一种策略，更是人的一种本能的需要。

东荡子：是。这首诗（指《致诗人》）也与诗人有关。我对很多诗人进行过批评，因为他们庸俗、虚伪的一面。我好几首诗都提到这个现象，如前面说到的《硬币》，下面这首《致诗人》也是，1995年写的，写得更早。（朗诵）

> 多少人在今夜都会自行灭亡
> 我在城市看到他们把粪筐戴在头上
> 他们说：看，这是桂冠
> 乡下人的粪筐，乡下人一声不响
> 带上它在阳光下放牧牛羊
> 我断定他们今夜并非一声不响地死去
> 那群写诗的家伙，噢，好家伙
> 我看见受伤的月亮
> 最后还透映出你们委琐的面庞

苏文健：从这首诗里可以看到你对诗人的特殊看法，也可以见到你对诗人、诗歌本身的反思。在这首诗里，你好像在极力挖苦诗人，指出一些真实的现象。

东荡子：有些诗人把什么东西都作为桂冠戴在头上，其实在我看来，也就是戴一个粪筐而已。廉价的东西在这个时代实在是太多了。

再看《白昼》这首。（朗诵）

> 微风停在鸟唱的树叶上
> 辽阔的草地，兰花开满如积盖的雪
> 我的草地，微风停在草地
> 鸽子在心中飞动
> 鸽子飞动在兰花中像蜻蜓点水
> 鸽子在心中飞动像蜘蛛网上的蜻蜓

这首诗写得比较早，但这首诗没有得到更多的关注。它有奇妙的趣味，语言也很特别。

苏文健：最后三句的排比或重复的修辞手法用得很有意思。意象奇妙，还有"辽阔"一词，后来你的好几首诗歌中都用到这个词。

东荡子：是，这是正常的。最后的三句用的排比，在朗诵的声音上达到很好的效果。你再看《大海终将变得沮丧》这首。（朗诵）

> 我最初的到来，他们没有在意
> 心要在潮湿的角落发出声音
> 它要向天堂进发，向权力低头，向世俗屈膝
> 阳光照不到树根的爬伸
> 我也知道心要在潮湿的角落发出歌唱
> 它鲜活的旋律，像树木弹拨天空
> 让我们一起感受它的激越与优扬
> 为他们祈祷，宽恕他们
> 大海终将变得沮丧
> 当我把心领出潮湿的角落
> 成为酵母投入大海

苏文健："大海终将变得沮丧"，为什么？你想在其中表达什么感情起伏？还有，我发现你的很多诗

歌的题目都是从诗歌里面提取出来的，就是诗歌中的某一句，其中隐含着什么特殊的意义吗？

东荡子：也没有什么特别的。我的诗歌的标题都很自然，也很漂亮。你随便看这些诗歌的标题，比如《寓言》、《黑色》、《黑暗中的一群》等。有人看到我的诗集取名《王冠》，认为我很自负，其实这个没有什么好担心的，因为我没有刻意去雕琢。所有这些提升的东西，它与我内心世界的追求是一致的。你要是达到同样的高度，同一个方向，它自然会到那里去。这个是心灵对话，我把内心世界最真实的想法讲出来。你看，"我最初的到来，他们没有在意/心要在潮湿的角落发出声音"，我把一个人分为几个部分来说，有一个时期是这样的，在另一个时期是那样的。"我最初的到来，他们没有在意/心要在潮湿的角落发出声音/它要向天堂进发，向权力低头，向世俗屈膝"，其实，每一个人都在一个角落里面，那个角落是发霉、潮湿、腐烂的。这是不光明的地方，里面充满阴谋，充满心机，充满勾心斗角，并且是在心里面悄悄地进行。然后，我们看到他们既向往天堂，又向往阳光。"阳光照不到树根的爬伸"，私欲就是树根嘛，阴暗的东西，阳光照不到的。后面的几句马上就提起来了，"我也知道心要在潮湿的角落发出歌唱"，虽然那个地方潮湿，但也要歌唱。"它鲜活的旋律，像树木弹拨天空/让我们一起感受它的激越与优扬/为他们祈祷，宽恕他们/大海终将变得沮丧/当我把心领出潮湿的角落/成为酵母投入大海"，这个光明的东西，一旦出现，大海也会变得沮丧。

苏文健：这里有一个很好的比喻句，形象生动。另外最后三句的倒装句式，也让读者获得一种震撼的体验。

东荡子：大海在我的面前都会变得沮丧。这首诗我都没有选进去（即黄礼孩主编的《东荡子诗选：第八届"诗歌与人 诗人奖"专号》），这首诗是好诗。礼孩要选60首，这太难了，因为好诗太多。

苏文健：这是一种强大的气场。好诗这么多，要选择60首作为代表作，的确很为难。

东荡子：我们再读这首《无能之辈》，也是好诗来的。

苏文健：（朗诵）

> 我的愚蠢在于不断地写出诗歌
> 说不上对一种语言的热爱，也不是
> 为了一个国家，是否完全听从于一个魔鬼
> 它藏身在哪个角落向我指使
> 或干脆敲打我的脊梁，像罗丹
> 奔跑在画室和书房："必须辛苦地工作。"
> 一个声音对我说："必须歌唱。"
> 但我的祖国对我的诗歌并不需要
> 也许我的祖国在古代有过太多的伟大木匠
> 制造了传世的宝座，并安了会哭会唱的狗尾巴
> 看看我们这些无能之辈
> 春天来了，不能耕播，不能拦路抢劫
> 也不能敲诈妓女和强盗
> 如果还在歌唱，那一定是窜到街头
> 逮到了一匹忏悔的猫

诗人是无能之辈。在这个时代，诗歌的力量成为人们怀疑的对象。这个时代并不需要诗歌，诗歌也不能给你带来什么现实的东西。所以这个时代诗人还在歌唱的话，那只会"窜到街头，逮到了一匹忏悔的猫"，这注定会贫穷潦倒。这首诗的正话反说，

其中的自嘲反讽意味可见。这也是对诗歌地位的一种深刻反思。

东荡子：是啊，这是一种反讽，一种自嘲。这个时代并不需要我的诗歌。在这个时代写诗，我们只能逮到了一匹忏悔的猫。哈哈（大笑）……

苏文健：这是诗人的悲哀，也是时代的悲哀。

东荡子：还有这首《在天上还要寻找什么》，写法国的一个诗人的。（朗诵）

在巴黎写诗的家伙只有一个
他是一个潦倒的贵族，父亲一死
便开始流浪，卷着父亲留给他的十万法郎
他把猫倒吊在玻璃上
让人想到一个未来的王朝
玻璃终究要碎，猫会跳到另一个屋顶嚎叫
整个巴黎都已闻到呕吐的猫
这是早晨，阳光被枯叶遮住
只有一个老头抱着锄头在咳嗽
再写一封情诗给银行家的情妇吧
看那火山喷发的家伙快要逃跑
波特莱尔，我总算是看穿了你的用心
你的继父在欺侮你的母亲
你的继父，即使你老了，他还要揍你
你是一个乞丐，一个醉汉，一个吸血鬼
你是一个妓女，一个绿色的淫鬼
你在一具狗尸前停顿了一个上午
下午就狗一样闻到了地狱，你已成为整个巴黎
你的父亲杀了亚伯，你活该世代流浪
并把眼睛瞎掉，看不到猎矛战胜犁铧
可你阴郁的眼球怎么盯住了我
你这盲人，在天上究竟还要寻找什么

苏文健：这首诗很有意思，读着很过瘾。是你与波德莱尔的一种跨越时空的对话。很巧妙地把波德莱尔所经历的事情也融入这首诗歌中。通过波德莱尔诗人身份的象征及其时代境遇来反观自己的时代境遇，很有戏剧性，富于调侃性，读来很刺激。

东荡子："猎矛战胜犁铧"，猎矛代表那些不耕种而要求获得财富的人，而犁铧代表那些实实在在地在大地上工作而收获的人。"可你阴郁的眼球怎么盯住了我／你这盲人，在天上究竟还要寻找什么"。

苏文健：波德莱尔的眼睛看起来就是很忧郁的，他的诗歌饱含着阴郁、忧郁的现代性体验与情绪。他的《恶之花》诗集中有很多这类的描写，比如黄昏啊，忧郁啊。特拉克尔的诗歌也是一样。

东荡子：这首诗写着就是好玩的。你再看《他相信了心灵》。

苏文健：（朗诵）

一滴水的干涸因渺小而永远存在
让我们站在海上，沐浴海风或者凭吊
那不可一世的青年现在多么平静
他看见了什么：辉煌？落日？云彩和失败
他相信了心灵，心灵要沉入大海
那不可阻挡的怪兽，摧毁一切，烧完了自己
在黑夜前停了下来

最后这一句："那不可阻挡的怪兽，摧毁一切，烧完了自己／在黑夜前停了下来"，这里怪兽是什么？"他相信了心灵"又怎么理解？

东荡子：这个怪兽就是太阳。东荡子就是伟大的诗人，就像太阳一样，他只有把自己烧完了才会停下来。"那不可一世的青年现在多么平静"，我也曾经年少，轻狂嘛，但现在停下来了。因为他看见了辉煌、落日、云彩和失败？他相信了心灵，这个时候心灵安静下来了。这个心灵沉入了大海，后面补充的是太阳也要沉入大海。那时候我一直在反省自己，应该做到更朴素、更踏踏实实地写作。

苏文健：这是一种很清醒的诗歌追求。以这种姿态进行创作，所以能给人家提供了一种安宁的，很阳光的精神。有了这么一种安宁的心灵，所以这个人就不浮躁，不甚嚣尘上，能够沉得下去。

东荡子：是。你看我后来的诗歌都是这样，沉静的心灵，不那么不可一世了。现在很多诗人都是一种暴发户心态，他们不懂得把心灵沉下去。写诗一定要把心灵沉下去。你看，我写这首诗的时候是1996年，当时我还不到32岁。那时候我就一直教育自己写诗要这样。我对诗歌是非常清醒、非常自律的，这是一个非常纯净的要求。

苏文健：对。好吧，和你细读了这么多诗歌，我对诗歌的理解对你的了解更深了。

时间：2013年5月11日
地点：广州增城 九雨楼
人物：东荡子、苏文健
整理：苏文健（2014年6月据录音整理）